KB201463

나를 사랑하거나
더 사랑하거나

나를 사랑하거나 더 사랑하거나

2019년 6월 24일 초판 1쇄 발행. 글과 그림은 이유미가 쓰고 그렸으며, 도서출판 샨티에서 박정은이 펴냅니다. 편집은 이홍용이, 표지 및 본문 디자인은 김경아가 하였으며, 마케팅은 강인호가 합니다. 인쇄 및 제본은 상지사에서 하였습니다. 출판사 등록일 및 등록번호는 2003. 2. 11. 제25100-2017-000092호이고, 주소는 서울시 은평구 은평로3길 34-2, 전화는 (02) 3143-6360, 팩스는 (02) 6455-6367, 이메일은 shantibooks@naver.com입니다. 이 책의 ISBN은 979-11-88244-40-9 03810이고, 정가는 15,000원입니다.

글 · 그림 © 이유미, 2019

이 도서의 국립중앙도서관 출판예정도서목록(CIP)은 서지정보유통지원시스템 홈페이지(http://seoji.nl.go.kr)와 국가자료종합목록 구축시스템(http://kolis-net.nl.go.kr)에서 이용하실 수 있습니다.(CIP제어번호 : CIP2019022468)

어떤 순간에도 내 편이 되는 마음의 기술

# 나를 사랑하거나 더 사랑하거나

이유미 글 · 그림

【샨티】

두더지는 두더지답게 살기 위해 땅을 파고,

나비는 나비가 되기 위해 고치를 뚫고 나온다.

모두 자신을 위해 살지만 누구도 비난하지 않는다.

'나' 자신이 되고 싶다면

한 순간만이라도 나를 위해 살아야 한다.

프롤로그

# 우리는 이미 자신을 사랑하고 있다

"자신을 위해 사는 거 말고는 할 일이 없잖아."

어느 날 친구와 통화를 하고 있는데, 내 입에서 툭 진심이 튀어 나왔다. '내가 사랑받을 자격이 있을까? 정말 날 위해 살아도 될까?' 하고 고민하던 스물여덟 살의 내가 떠올라 슬며시 웃음이 났다. 어느새 나를 위해 사는 것이 자연스럽고 당연한 일이 되었구나, 하는 생각이 들었다.

전화를 끊고 나서 내가 앉아 있는 방 안을 천천히 둘러봤다. 마치 타임머신을 타고 미래로 온 사람처럼 새롭고 낯선 눈빛으로. 오일스테인으로 마감한 삼나무 책상엔 손때가 묻어 있고, 철제 선반은 다람쥐 도토리 모으듯 수집한 책들로 빽빽했다. 여기는 가장 오랜 시간을 보내는 집이자 작업실, 오롯이 혼자일 수 있는 공간, 깊은 밤 노란 조명에 불 밝히면 내면 깊숙한 곳까지 투명하게 비추는 곳이다. 나는 "이제 충분해" 하고 느낄 때까지 마음을 보살핀다. 정말이지 여기선 스스로를 돌보는 것밖엔 할 일이 없다.

이곳에선 내가 시계이고 나침반이 된다. 나에게 가장 자연스러운 리듬으로 글을 쓰고, 그림을 그리며, 마음이 가리키는 방향을 세심하게 살피기 때문이다. 현관 입구엔 항상 캔버스백이 걸려 있는데, 언제든 어깨에 걸치고 나갈 수 있게 준비해 둔 것이다. 지하철이 있는 큰길까진 약 800미터. 멀지도 가깝지도 않은, 바람 쐬며 걷기 딱 좋은 거리이다. 이렇다 할 것 없는 풍경이지만, 한 걸음 물러서면 이 모든 것들이 1밀리미터의 오차도 없이 맞물린 정교한 퍼즐처럼 보인다. 그리고 그 중심에 내가 있다. 내 주변을 둘러싼 세상이 몸에 꼭 맞게 재단된 맞춤옷처럼 느껴지는 기분이다. 도대체 지난 10년 동안 무슨 일이 있었던 걸까? 떠오르는 답은 단 하나, 나를 사랑하거나 더 사랑한 것뿐이다.

자신을 사랑하며 살라는 말이 유행처럼 번지는 요즘, 자기 사랑이 따듯한 위로 몇 마디면 된다는 식의 이야기를 심심치 않게 듣는

DalkomArtist Yuyu

다. 하지만 나를 사랑한다는 것은 지팡이를 세 번 두드리고 주문을 외치면 소원이 이뤄지는 것 같은 동화 속 이야기가 아니다. 스스로를 자책하고 미워하는 뿌리 깊은 습관은 긍정의 말 몇 마디로 사라지지 않는다. 주변 사람들이 기대하는 이른바 '좋은 사람' 되기를 포기하는 건 또 어떤가? 번지점프대에서 안전 장치 없이 뛰어내리는 것만큼이나 두렵다. 가족에게 헌신하는 장녀의 역할을 그만두기로 결심하는 순간엔 어떤 비난이든 감수할 각오를 해야만 했다. 타고난 내향성을 인정하고 혼자 시간을 보낼 땐 딱하다는 듯 바라보는 시선을 피해갈 수 없었다. 이렇듯 스스로를 사랑하는 과정은 나에게는 도전이자 용기였으며 투쟁이었다.

나는 운 좋게도 자기 사랑을 실천하고 경험을 공유하는 소모임에서 이 강력한 사랑이 사람들을 얼마나 깊이 바꿔놓는지 두 눈으로 지켜볼 기회가 있었다. 이들에겐 한 가지 공통점이 있었는데, 그것은 스스로를 미워하고 방치하며 살았던 지난 시간과 직면하는 순간을 반드시 경험한다는 사실이다. 그때야 비로소 자기를 가장 괴롭힌 사람이 '자기 자신'임을 인정하고, 그렇게 살아온 지난 시간을 안타까워하면서, 자신을 사랑하는 일에 마음을 열었다. 나도 예외는 아니었다. 길 가다가 돌부리에 걸려 넘어져도, 우산을 깜빡 두고 와서 비를 맞아도, 사랑하는 사람과 헤어져도, 상사의 부당한 언사 앞에서도 자신을 탓하고 미워했다. 스스로 알아차리지 못하는 사이에 습관적으로 미움을 선택한 것이다.

점차 자존감이 떨어지고, 회사에서는 무기력해졌으며, 사람들과의 관계도 어긋나고, 가족과 갈등의 골은 더 깊어졌다. 당연한 결과였다. '난 사랑받을 자격이 없어' '이런 모습을 누가 좋아하겠어?' 하는 생각에 사로잡혀 있었으니까. 그리고 자신을 소중하게 대하거나 존중하는 방법을 알지 못했다. 그러니 내 불행에 대해 그 누구도 탓할 수 없었다. 자신을 향한 미움이 얼마나 맹목적이고 어리석었는지 깨닫고 나서 알게 된 건 자신을 미워하거나 사랑하는 것 모두 '선택'이란 사실이었다. 그리고 놀랍게도 선택의 순간은 매일, 매시간마다 찾아왔다. 이것은 기적이었고, 내 생에서 가장 큰 발견이었다. 나를 사랑하기만 해도 수많은 가능성이 열렸다. '할 수 없는 일'이 '해볼 만한 일'이 되었고, 오래된 상처가 치유되었으며, 더는 다른 사람들에게 인정을 구걸하지 않게 되었다.

하지만 알고 있는 것을 현실에 적용하는 일은 쉽지 않았다. 게다가 오랫동안 스스로 사랑받을 자격이 없다고 생각했기 때문에 나를 사랑하기로 선택할 수 있다는 사실을 받아들이기 힘든 순간도 있었다. 그래서 이 과정을 실험이라고 생각하기로 했다. 한 순간에

변하려고 하면 필연적으로 저항이 따르게 마련이다. 자신에게 이로운 것이 무엇인지 알면서도 나쁜 습관을 단번에 끊어내지 못하는 것도 같은 이유 때문일 것이다.

나는 우선 '자기 사랑'을 다룬 책을 수집하고, 표지가 떨어질 때까지 읽고 또 읽었다. 그러면서 점차 호기심이 커져갔다. 직접 경험하고 싶은 열망이 생긴 것이다. 그리고 '나를 위해 달콤한 커피 마시기' '자신을 위해 울어주기'처럼 한 번에 하나씩, 작은 것부터 실행으로 옮기면서, 내 삶이 어떻게 변해가는지 꼼꼼하게 관찰하고 기록했다. 이 책은 나와의 관계를 회복하고, 나를 위해 살며, 나답게 살기까지 10년의 시간을 기록한 '자기 사랑 실험 에세이'다. 용기를 내서 이 기록을 공개하는 이유는 내가 경험한 사랑이 또 다른 사람들의 내면에 있는 사랑을 일깨우길 바라는 마음 때문이다.

여기에 쓴 나의 다양한 시행착오들을 보면서 '왜 이렇게 힘들게 살지? 나는 더 쉽게 할 수 있겠는데' 하고 생각한다면 나는 더없이 기쁠 것이다. 불필요한 죄책감과 고민은 덜어내고, 당신 자신을 사랑하는 일에 더욱 집중하면 좋겠다. 이 책을 읽고 나면 사랑이 결코 멀리 있지 않다는 걸 느끼게 될 것이다. 그리고 이미 스스로를 사랑하고 있었다는 사실을 발견한다면 더 바랄 것이 없겠다.

나는 우리 모두에게 '자신을 사랑하는 마음'이 있다고 믿는다. 다만 관심을 기울일 기회가 없었거나, 그런 사랑이 불가능하다고 생각하기 때문에 느끼지 못하는 것뿐이다. 또는 일련의 경험이나 환경 또는 사회적 굴레 때문에 자신을 사랑하는 행위를 스스로 용납하지 못했을 수도 있다. 하지만 사랑은 언제나 우리의 내면에 있기 때문에 자신에 대한 몇 가지 오해만 풀려도 커다란 사랑이 발현될 수 있다. 이것을 가로막고 있는 건 결코 거대한 벽이 아니다. 자신에 대한 무관심이나 오해, 또는 오랫동안 굳어버린 신념과 습관이 일시적으로 사랑을 흐르지 못하게 할 뿐이다.

내가 생각할 때 사랑은 지극히 개인적인 경험이다. 사랑에 대한 정의가 개인마다 다르고, 사랑을 느끼는 순간과 표현하는 방법 역시 다르기 때문이다. 그래서 한 사람의 경험만 가지고 '자기 사랑'이란 이런 것이라고 정의 내리거나 대변하는 건 불가능할 것이다. 그래서 나만의 감각으로 나만의 사랑을 발견해 가는 과정이 필요하다. 장담하건대 당신은 이 과정을 좋아하게 될 것이다. 앞서 말했듯이 당신은 이미 자신을 사랑하고 있기 때문이다.

차례 

## 3_ 자기 사랑의 기술

: 혼자가 되면 비로소 알게 되는 사랑



## 4_ 자급자족의 기술

: 나 하나로 충분한 자급자족 라이프

## 5_ 거리두기의 기술

: 조금 까칠하게 나에게 집중하는 법



## 6_ 마음 돌봄의 기술

: 사랑은 또 다른 사랑을 물들인다

# 1

## 홀로 서기의 기술

:

진짜 독립이 필요한

어른을 위하여

## 도대체 누구를 위해 살았던 걸까

스물여덟 살이 되던 생일날,

결혼을 약속한 남자친구와 파혼을 결심했다. 그는 나의 유일한 희망이었다. 지긋지긋한 가족으로부터 탈출하고, 새 삶을 살 수 있는 기회가 그와 함께할 미래에 있을 거라고 기대했다. 하지만 우리는 마음만 앞섰을 뿐 자립할 능력이 없었다.

이십대 후반, 동갑내기 커플의 통장 사정이야 뻔하다. 대기업에 다니는 것도 아니고 집안 형편도 다르지 않았다. 3개월 동안 신혼집을 구하러 다녔는데 둘만 있으면 행복할 거란 환상이 깨지기 충분한 시간이었다. 함께 머리를 맞대고 쥐어짜낸 방법이 고작 부모님께 손을 벌리는 것이었다. 하지만 그의 부모님은 상견례 자리에서

못을 박았다. "저희는 집을 마련할 여유가 없습니다." 엄마의 다문 입술에 힘이 들어갔지만 뾰족한 수가 없었다. 우리 집도 예단 같은 격식을 차릴 형편이 아니었으니까.

집으로 돌아오자 엄마가 뒤늦게 분을 터트렸다. "달라 빚을 내서라도 너 시집은 제대로 보낼 거야!" 갈피를 잡을 수 없는 불안함이 밀려왔다. 뭔가 잘못됐다는 생각에 그만 울고 싶어졌다. 나에게는 두 명의 아빠가 있는데 낳아준 아빠는 재혼 사실을 주변에 알리고 싶지 않으니 당신의 지인을 초대할 수 없다고 했다. 비록 어렸을 때 부모님이 이혼했지만 나는 아빠 딸인데…… 내 결혼이 부끄러운 일이 되어버린 것만 같아 서글펐다. 키워준 아빠는 집을 나간 뒤로 연락이 닿지 않았다. 소식을 들으면 돌아오지 않을까 기대했지만 그런 일은 일어나지 않았다. 축복받는 결혼식을 상상했지만 시간이 갈수록 가족에게 짐이 될 뿐, 누구에게도 진심으로 환영받지 못했다.

남자친구라도 확신을 보여주길 바랐다. 시작이 조금 모자라면 어때, 그가 내 곁을 든든하게 지켜준다면 모두 이겨낼 수 있어, 이렇게 생각했으니까. 하지만 남자친구는 맥없이 주저앉아 모든 결정을 나에게 떠밀었다. 어느 틈에 결혼은 나 혼자 감당해야 하는 일이 되어 있었다. 행복이 쉽게 찾아왔던 것처럼 절망도 쉽게 찾아왔

다. 뻔한 전개지만 비명 한 번 지르지 못하고 휩쓸려 내려갔다. 아쉽게도 반전은 없었다. 나는 절망의 민낯을 보았고, 그것을 혼자 헤쳐 나아갈 힘이 없었다.

"나, 이 결혼 못하겠어."

이 말 한마디로 모든 것이 정리됐다. 너무 간단해서 이게 꿈이 아닐까 생각했다. 그래도 결혼은 해야 한다고 반대하는 사람도, 다시 한 번 생각해 보라고 붙드는 사람도 없었다. 남자친구는 모든 것을 체념한 듯 침묵으로 동의했다. 엄마는 "인연이 아니었다고 생각해" 이 한 마디로 상황을 정리했다. 아빠는 이렇게 말했다. "좋은 혼처는 아니었어. 차라리 잘된 일이지. 더 좋은 사람 만날 거야." 파혼은 처음부터 예정되었던 일, 더 좋은 사람 만나려고 생긴 일이 되어버렸다. 내 인생에서 일어난 크고 중대한 사건을 좋을 대로 해석하는 게 우스웠다. 하긴, 그렇게라도 마음의 짐을 덜고 싶었겠지. 아프다고 말하면 진짜 상처받을까봐 입을 닫았지만 동의할 수 없었다. 굳이 의미를 찾자면, "아무도 내 인생을 대신 살아주지 않는다"는 절망스러운 깨우침밖에는 없었다.

몸은 어른이 되었지만, 어쩐지 마음 한 조각은 어린아이인 채로 남아 의지할 곳을 찾아 헤맸다. 부모님이 대신 문제를 해결해 주길 바랐고, 남자친구가 나의 부족한 부분을 채워주리라 기대했다. '왜 나를 사랑해 주지 않아? 이리 와서 날 일으켜줘야지. 어서 날 보살펴줘.' 겉으로는 괜찮은 척 행동했지만 속으로는 보채고 떼를 쓰고 있었다. 행복이 다른 사람에게 달려 있다고 생각했기 때문에 그들의 말 한마디, 몸짓 하나에도 쉽게 흔들리고 무너졌다. 불행까지 남 탓으로 돌렸다. 행복도 불행도 스스로 책임질 수 없었던 나는 진짜 어른이 아니었다.

나 자신으로 사는 방법을 밤새 탐독하고 미움받을 용기를 쥐어 짜도 홀로 서기는 쉽지 않았다. 여전히 다른 사람에게 의지하고 외부의 평가에 휘둘리는 나를 보면서 이제껏 한 번도 생각해 본 적 없던 질문이 떠올랐다. "도대체 누구를 위해서 살았던 걸까?" 절망에 휩쓸려 내려갈 때 착한 딸이라든가 성실한 직장인, 사랑스러운 연인이라는 수식어는 허울 좋은 지푸라기일 뿐이었다. 남들한테 좋은 사람으로 기억되는 게 도대체 무슨 소용이야. 나 대신 살아줄 것도 아닌데……

## 두 다리에 힘을 주고, 나에게 집중했다

부모님이 하루가 멀다 하고 싸우더니 엄마가 짐을 쌌다. 하루아침에 아파트에서 언덕배기 낡은 집으로 이사했다. 녹슨 철문을 밀고 들어가면 담벼락 끝에 우리 집으로 내려가는 계단이 보였다. 열여섯 살 터울의 동생은 아빠를 찾았지만, 엄마와 나, 동생, 이렇게 셋뿐이었다. 집은 열 평이 채 되지 않았다. 엄마는 하루 중 대부분의 시간을 문을 등진 채 골방에 앉아 있었다. 그 무렵 나는 중소기업의 경리부에 취업했다. 손 걸레질로 회의실을 닦고, “미쓰 리!” 하고 부르면 달려가 서툰 차 시중을 들었다. 괜찮아, 괜찮아질 거야. 사랑받고, 인정받으면 행복해질 거야. 사랑받을 수만 있다면 어떤 것도 견딜 수 있어.

그렇게 믿었다. 그때 나는 열아홉 살이었다.

유난히 고된 날이었다. 당시 나는 회사에서 현금 입출금을 담당했는데 금고의 현금 시재와 장부 잔액을 맞추는 게 주요한 업무였다. 그날따라 백 원 차이로 잔액이 맞지 않아서 대리님한테 한 소리 듣고, 모두 퇴근한 사무실에 남아서 지문이 닳도록 돈을 셌다. 집에 도착하니 밤 열한시였다. 피곤이 몰려왔다. 지친 표정으로 가방을 떨구자 엄마가 못마땅한 눈으로 노려봤다.

"오늘 좀 힘들어서……"

변명을 둘러대듯이 내가 말했다.

"그깟 돈 좀 번다고 유세 떠냐?"

엄마가 성마르게 화를 냈다. 심장이 빠르게 뛰었다. 내가 뭘 잘못했는지도 모르면서 엄마가 화를 내자 주눅부터 들었다.

"아니, 오늘 늦게까지 일하느라고 힘들어서 그런다고."

엄마는 꼴 보기 싫다는 듯이 몸을 반대쪽으로 틀었다.

"됐어, 너만 힘드냐? 너만 고생 하냐고."

나는 엄마의 뒷모습을 보며 혼잣말처럼 중얼거렸다.

"아니라고, 그게 아니라고……"

하고 싶은 말이 많았지만, 잘근잘근 입술을 씹으며 참았다. 무슨 말을 해도 엄마는 돌아보지 않을 것이다. 차마 뱉지 못한 말들이 달궈진 쇳조각처럼 목구멍을 타고 내려갔다.

그렇게 10년을 살았다. 가족을 지키려던 노력은 의무가 돼서 나를 옭아맸다. "이 돈 가지고 어떻게 생활하라고! 돈 나갈 데가 얼마나 많은지 알아?" 희미하게나마 미안한 기색을 비추던 엄마는 언젠가부터 당당하게 돈을 요구했다. 점점 지쳐갔다. 턱없이 부족한 사랑에 억울함마저 들었다. "우리 딸 착하다. 고생했어." 이 한 마디면 충분하다고 생각했다. 하지만 그 말을 듣기 위해 치른 대가는 10년이라는, 두 번 다시 돌이킬 수 없는 긴 시간이었다. 만약에 나를 조금 더 소중히 아꼈더라면 어땠을까? 적어도 그렇게 긴 시간 동안 자신을 방치하진 않았겠지. 어쩌면 일찌감치 집을 나와 독립을 했을지도 몰라. 그랬더라면 엄마가 아닌, 날 위해 살았을 텐데. 조금만 더 나를 사랑했더라면……

나는 한 발 늦은 후회 속에서 깨달았다, '인정 게임'에 중독돼 있었다는 것을. "저 사람이 인정해 주면 행복해질 거야!" 하고 믿는 순간, 인정 게임이 시작된다. 외부의 기준이 중요해지고, 자신보다 상대방에 대해 고민하는 시간이 더 많아진다. 오로지 외부를 통해서

만 얻을 수 있는 사랑과 인정, 그것은 헤어나기 어려운 중독이다. 게임의 대상은 비단 가족뿐만이 아니었다. 친구, 연인, 선생님, 직장 상사, 심지어 모르는 사람까지 게임에 끌어들였다.

게임의 규칙은 '다른 사람이 원하는 것'에 집중하는 것이다. 나는 이 게임에 셀 수 없이 많은 시간과 노력을 배팅했다. 잭팟 터지듯 넘치는 사랑을 받을 수도 있지만, 철저하게 외면당할 위험도 감수해야 했다. 보다시피 승률은 형편없었다. "좋아! 이제 나를 인정해 줄 거지?" 하는 식의 예상은 늘 보기 좋게 빗나갔으니. 결정적으로 '파혼'은 나를 사로잡고 있었던 환상을 단번에 무너뜨리기에 충분했다.

나는 관계의 무한 환상 속에 살았다. 가족은 영원한 울타리야, 친구는 영혼을 위로하는 존재잖아, 직장에서 인정받아야 진정한 어른으로 거듭나지, 결혼이 미완의 인생을 완성할 거야…… 이런 전설 같은 이야기 말이다. 이 순진한 믿음 때문에 인생을 저당 잡히고 남을 위해 살았던 것이다.

인정 게임에서 겨우 벗어났지만 인생을 회복해야 하는 과제에 직면했다. 누군가 도와주리라는 기대는 하지 않았다. 나약하고 한심하기 짝이 없지만 나를 책임질 사람은 나 자신밖엔 없었으니까. 나는 익숙한 길을 벗어나 새로운 길 위에 섰다. 쓰러지지 않도록 두

다리에 힘을 바짝 주고 자신에게 집중했다.

그러자 삶이 변했다. 스물아홉 살에 독립을 선언하고 집을 나왔다. 서른 살에는 회사를 관두고 두 번 다시 돌아가지 않았다. 수년에 걸쳐 경험한 자기 사랑 이야기를 책으로 엮어 서른두 살 봄에 《소심 토끼 유유의 내면노트》를 출간했다. 나 자신에게 투자를 아끼지 않았고, 미뤄왔던 대학원에도 진학할 수 있었다. 그해 겨울에는 일러스트 강의를 시작했다. 어떻게 사람이 하고 싶은 일만 하면서 사느냐는 말이 무색하게 그림을 그리고, 책을 쓰고, 강의를 하는 1인 기업이 되었다. 쓰디쓴 파혼의 상처로 물들었던 해를 지금은 이렇게 기념한다. '진짜 인생이 펼쳐진 해'라고.

누구나 홀로 서기가 필요한 순간과 맞닥뜨린다. 그 시기는 모두 다르지만 낯선 길 위에 설 용기가 필요한 건 똑같다. 가족과 연인, 친구의 기대를 저버릴 수 있을까? 인정받지 못하면 낙오자가 될지 모른다는 두려움과 맞설 수 있는가? 타인을 통해 부족한 부분을 채우고 싶은 갈망을 버릴 수 있을까? 선택은 각자의 자유이다. 하지만 치러야 할 대가는 한 번뿐인 소중한 나의 인생이다.

## 한 순간이라도 나를 위해 살아

씨앗은 자신으로 살기 위해

땅에 뿌리를 내린다. 길에 심은 나무는 높게 가지를 뻗고, 새는 하늘을 난다. 두더지는 두더지답게 살기 위해 땅을 파고, 나비는 나비가 되기 위해 고치를 뚫고 나온다. 모두 자신을 위해 살지만 누구도 비난하지 않는다. '나' 자신이 되고 싶다면 한 순간만이라도 나를 위해 살아야 한다. 씨앗과 나무, 새와 나비, 두더지처럼 그렇게……

"그러니까 내가 원하는 게 뭔지 모르겠다고."

친구 K의 목소리에서 고구마 백 개를 한 번에 삼킨 것 같은 먹먹함이 전해졌다. 나는 애도의 뜻을 표하듯 잠시 침묵했다. 친구는 한숨을 푹 내쉬더니 푸념을 계속 늘어놓았다.

"그냥 열심히 살았지. 돈 벌고, 저축하고. 살림은 또 오죽 열심히 했니? 근데 마냥 행복하진 않더라. 공허해. 도대체 내가 원하는 게 뭘까? 어쩜 이렇게 하나도 모를 수 있지?"

말 그대로 친구는 성실하고 바르게 살았다. 남편과 아이, 시댁까지 살뜰하게 챙기는 착한 사람. 쓴소리 한 번 하려면 열 번을 고민해야 하는 여린 사람. 나는 그녀의 말끝에 물음표를 달았다.

"좋아. 네가 원하는 걸 찾았다고 치자. 욕먹어도 그렇게 살 수 있어?"

"음, 그건……"

친구는 말끝을 흐렸다. 그래, 쉽게 대답할 수 없겠지. 착한 사람이 되라고 배웠잖아. 주변을 먼저 배려해야지. 내가 원하는 걸 바로 입 밖으로 꺼내는 건 실례야. 함께 행복해지는 건 좋은 일이지만 혼자 행복해지는 건 이기적인 거잖아.

그런데 참 이상하지? 어른이 되니까 자기가 원하는 게 무엇인지 알아야 성공할 수 있대. 진짜 그렇게 살면 손가락질할 거면서. 세상이 만들어낸 웃기고도 슬픈 현실에 치여 힘들어하는 친구가 진심으로 안타까웠다. 그것은 다름 아닌 내 모습이었으니까.

나는 경리 일을 그만두고 일러스트 작가가 되고 싶었다. 하지만 꿈을 꾸는 것만으로도 자책이 밀려왔다. '뭐? 그림을 그리겠다고? 네가 그럴 실력이나 돼?' 집을 나오고, 프리랜서로 독립을 할 때도 죄책감이 뒤따랐다. '어떻게 엄마를 두고 혼자 행복해질 수 있어?' 착한 사람이 되라는 가르침은 시시콜콜한 일상까지 통제했다. 나는 사막 한가운데 혼자 있어도 눈치를 볼 사람처럼 굴었다.

많은 사람이 자기 자신으로 살고 싶다고 말한다. SNS에 나는 소중하다고 앞 다투어 끼적인다. 하지만 이기적이라는 비난을 감수할 용기는 선뜻 내지 못한다. 튀어나온 못처럼 보일까봐 자신을 가리는 데 심혈을 기울인다. 그런데 다르게 태어난 우리가 공산품처럼 균질화되는 게 가능은 할까? 그렇다면 제발 지구 위 74억 명을 대표하는 표준 인간형이라도 보여주길. 만나는 모든 사람한테 착하게 기억될 수 있을까? 아무리 생각해도 도저히 불가능한 일이다. 차라리 자신을 위해 사는 게 더 쉽지 않을까? 세상에 단 한 사람, 나에게 좋은 사람이 될 자신은 있으니.

## 탓할 사람은 많지만 책임질 사람은 나 혼자야

나는 '너 때문이야 教'의 열렬한 신도였다. 성격이 소심해진 것도, 남들 앞에 서면 눈치를 보는 것도, 가난 때문에 결혼을 포기한 것도 모두 엄마 탓이었다. 매일 무기력하고 일상의 즐거움을 잃어버린 건 회사 때문이었다. 솔직히 이 생각들이 얼마간 위로가 된 건 사실이다. 하지만 딱 거기까지였다. 탓할 사람은 많지만 책임질 사람은 나 혼자. 계속 원망해 봤자 달라지는 건 없었다. 갈수록 무력한 피해자를 자처할 뿐이었다.

이것은 많은 사람의 이야기다. 남 탓을 하면서 불만과 고통을 견딘다. 현실을 직시하지 않고 자신은 힘없는 피해자라고 믿는다. '네가 변하면 나도 바뀔 거야' 하고 책임을 떠밀고, 누군가가 대신 해

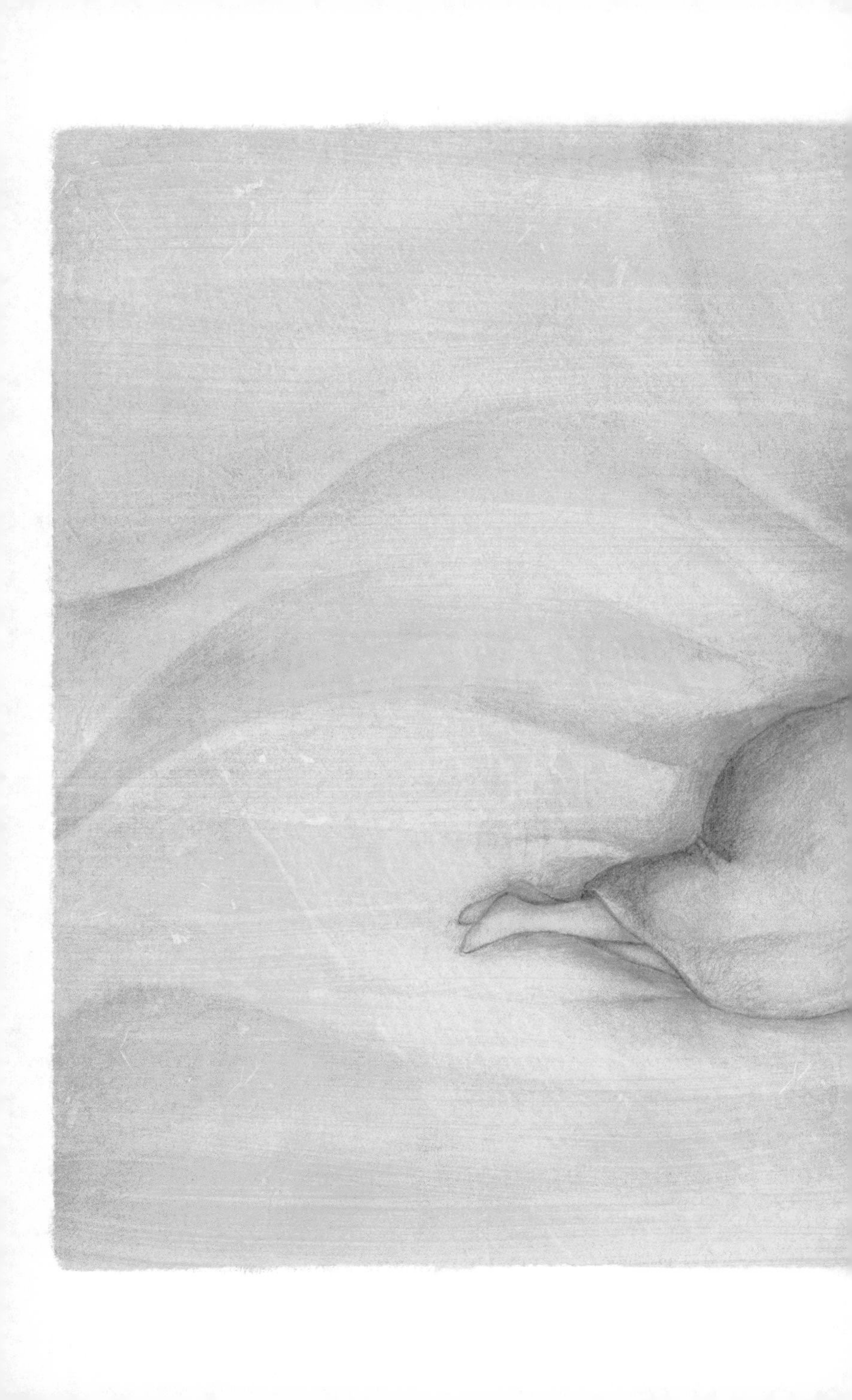

DalkomArtist Yuyu

결해 주길 기대하지만 좀처럼 뜻대로 되지 않는다. 불행뿐만 아니라 행복까지 다른 사람이 쥐고 있으니 계속 눈치를 본다. 그렇지만 다른 사람을 탓하는 건 가장 손쉬운 핑계거리다. 게다가 주의가 온통 바깥으로 쏠리기 때문에 진통제라도 삼킨 것처럼 상황에 둔감해진다. 자신은 피해자이므로 면죄부를 받는다. 현실을 회피할 구실로 완벽하지 않은가? 하지만 반복할수록 나약하고 불쌍한 사람을 자처하게 되고, 끝내 자신을 지킬 힘조차 잃게 된다.

"그래, 모두 내 선택이었어!"

남 탓만 하느라고 잃어버린 힘을 되찾기 위해서 나는 단호한 어조로 또박또박 말했다. 그리고 솔직한 고백이 이어졌다. "더 일찍 집을 나올 수 있었고, 회사를 그만둘 수도 있었어. 어쩔 수 없는 상황이라 해도 선택은 내가 한 거야. 아무도 나에게 불행을 강요하지 않았어." 쓰디쓴 현실을 인정하고 나서야 피해자 역할에서 스스로 걸어나올 수 있었다.

많은 사람들이 '관계'가 기회의 보고라고 말한다. 하지만 지나치게 의존하면 자신을 잃어버릴 수도 있다. 나는 관계에 얽혀 있던 모든 기대와 원망을 내려놓고 오직 자신에게 집중했던 순간을 생생하게 기억한다. 무엇으로도 대체할 수 없는 힘이 내 안을 가득 채웠다. 그것은 완전히 다른 종류의 힘이었다. 스스로 살아내겠다는 굳은 의지, 인생을 책임지겠다는 선언, 그리고 내가 존재하는 한 사라지지 않을 사랑이었다.

나는 믿는다. 우리 모두에게 스스로를 책임질 수 있는 힘이 있다고. 때로는 생의 무게에 압도당하기도 하지만 이것이 나약함의 반증은 아니다. 위태롭게 흔들려도 언제나 나를 위해 최선을 다하는 또 다른 나, 그 존재야말로 평생을 함께할 든든한 내 편이 아닐까?

# 2

# 셀프 독립의 기술

:

가족을 떠나야
진짜 어른이 된다

## 희생은 사랑의 유사어가 아니야

"가족을 위해서 누군가 한 명은 희생할 수밖에 없어요."

TV에서 한 연예인이 이렇게 말하는 걸 보고, 채널을 돌려버렸다. 가족이라고 희생이 당연한 것처럼 말을 하네. 희생을 사랑의 필수 조건처럼 말하는 태도에 화가 났다. 희생이 사랑의 유사어라도 된단 말인가?

사전에서 '희생'이라는 단어를 찾아보면 이렇다. '다른 사람이나 목적을 위해 자신을 버리거나 빼앗김.' 사람들은 희생에 사랑과 숭고함을 쉽게 덧칠한다. 그렇지만 '희생을 당하다' '희생을 강요당하다' '희생을 무릅쓰다' 같은 사전 속 예문이 보여주듯이, 누군가에게 희생은 외부에서 가해지는 압력, 참고 견딜 각오를 해야 버틸 수 있는 무거운 것이다.

나는 '가족'이라는 이름으로 행해지는 소리 없는 강요에 눈떴다. 가장의 역할을 군말 없이 떠안게 만든 '장녀'라는 수식어 또한 얼마나 부당하게 사용될 수 있는지 알아차렸다. 그리고 생각했다. 누구도 내 인생을 가져갈 권리는 없어. 만약에 시간과 자원을 가족과 나눠야 한다면 의무가 아닌 선택이어야 해.

"그래도 낳아주고, 길러주셨잖아. 고마움에 보답해야지."

이렇게 생각할지 모르겠다. 나도 그랬으니까. 내 새끼는 죽어도 내가 지킨다고 다짐하던 엄마를 기억한다. 때가 되면 밥을 지어 먹이고, 흠 잡히지 말라고 깔끔한 옷을 골라 입혔다. 집에서 따끔하게 혼을 내다가도, 밖에 나가면 자식 자랑을 늘어놨다. 서툴고 거칠었지만 사랑 없이는 할 수 없는 일이었다. 그래서 착한 딸이 되려고 애썼는지도 모른다.

하지만 고마움은 수많은 감정 가운데 하나이다. 우리는 사랑하다가 미워하고, 기뻐하다가 슬퍼한다. 고마움이라는 단 하나의 감정이 수천, 수만 갈래의 감정을 상쇄하진 못한다. 고마움은 고마움대로, 미움은 미움대로 존재한다. 고마움의 사전적 의미는 이렇다. '베

풀어준 은혜에 대하여 마음이 흐뭇하고 즐거운 상태.' 그런데 우리는 어떤가? 고마워서 미안하고, 고마워서 괴롭다. 갚을 수 없는 부채감에 허덕이다가 피하고 멀리한다. 도대체 사랑은 어디에 있을까?

"어릴 때 받은 거 다 갚았어. 이제 남은 빚은 없어."

이렇게 말했을 때 엄마의 표정을 생생하게 기억한다. 기가 차고 어이가 없어서 말문이 막혀버린 얼굴. 하지만 상관없었다. 나는 알고 있으니까, 온 마음을 다해 가족을 위해 살았다는 걸. 이것 역시 사랑 없이는 할 수 없는 일이었다. 나를 위해 꼭 말해주고 싶었다. 이제, 그만하면 됐다고……

# 나 대신 살아줄 것도 아니잖아

스물아홉 살이 되던 해 1월에 독립을 결심했다. 엄마는 툭하면 그랬다. 네 아빠처럼 나가버리라고, 남남처럼 살자고. 그 말은 최고조로 화가 났다는 표현, 너 같은 거 없이도 살 수 있다는 으름장, 그러니 조용히 입 닥치고 고분고분 있으라는 협박이었다. 엄마는 알고 있었다. 다 큰 어른인 척하지만 여전히 당신에게 기대 사는 딸의 나약함을.

당신 말대로 집을 나가겠다고 했을 때 엄마가 신음하듯 말했다. "서방 복 없는 년은 자식 복도 없다더니." 엄마에게 남은 건 나뿐인데⋯⋯ 죄책감이 발목을 붙들었지만 이제라도 내 삶을 살고 싶었다. 나는 서둘러 짐을 싸고, 한 달 만에 이사를 했다. 이사한 집은 밝고 환한 인상을 주는 반듯한 원룸이었다. 막상 새 집으로 이사하자 죄책감은 소리 없이 자취를 감췄다. 나는 여태까지 무대 위 조명이 닿지 않는 곳에 선 나무, 대사 하나 없는 바위였다. 하지만 창가에 앉아 두 볼이 발그스름해질 때까지 해바라기를 하고 나면, 뒤늦게 생이라는 무대의 정중앙에 안착한 기분이 들었다.

독립하고 나니, 그간 가족을 얼마나 의지하고 살았는지 알 수 있었다. 홀로 서기 두려울 때, 감당할 수 없는 선택 앞에 설 때마다 나는 제 발로 엄마의 그늘 속으로 걸어 들어갔다. 그리고 은밀하게 선택과 책임을 떠넘겼다. 하긴, 부모보다 좋은 핑계는 없다. "다 엄마 때문이야!" "아빠만 아니었어도……" 흔해빠진 레퍼토리 아닌가? 늘 자식에게 해준 것이 없어서 미안한 부모는 자식의 원망을 기꺼이 끌어안는다. 완벽한 호흡이다.

일러스트 강의를 하다 보면 종종 진로 상담까지 하게 되는데, 그럴 때면 꼭 부모님 이야기가 빠지지 않는다. "그림을 그리고 싶은데, 부모님이 싫어하세요. 계속하자니 부모님께 죄송하고…… 포기해야 할까 봐요." 글쎄, 속상한 마음은 알겠는데, 부모님 동의가 반드시 필요할까? 부모님이 대신 살아줄 것도 아닌데.

솔직하게 말하면 안 될까? "부모님이 경제적인 지원을 계속해

Dallkom Artist YuYu

주길 바라요." "그림을 계속 그려도 될지 스스로 확신이 서질 않아요." "진로를 직접 선택하기가 두려워요." 솔직해지면 상황이 명료하고 단순해진다. 부모님이 반대하는 그림을 계속 그리고 싶다면 경제적 지원을 포기하고 직접 돈을 벌고, 원하는 것을 선택하되 결과를 책임지면 된다.

부모님은 자식의 인생을 대신 살아주는 대리 기사가 아니다. 두려움과 고민을 치워주는 청소부는 더더욱 아니다. 진짜 책임져야 할 것은 부모님의 기분이 아니라 자신의 삶이다. 인생의 무게, 마주하기 힘든 두려움, 쓰디쓴 후회까지 결국 자신의 몫이다. 책임지면 자유로워진다. 하지만 책임지지 않으면 자유도 없다.

# 장녀는 왜 집안일에서 벗어나지 못할까?

작은 모임에서 다과를 나눌 때였다. 대화를 하다 보니, 모인 사람 대부분이 장녀였다. 주제는 자연스럽게 가족에 대한 이야기로 흘러갔다. 그 자리엔 장녀 노릇을 하는 차녀도 있었다. 언니가 집안일에 통 관심이 없기 때문이란다. 우리는 누가 뭐랄 것도 없이 돌아가며 고충을 이야기했다.

H는 점점 늙어가는 부모님을 염려했다. 다른 형제도 있지만 부모님이 아플 때마다 달려가는 건 으레 그녀의 일이 되었다. K는 동생의 장래를 엄마처럼 걱정하고 있었다. 수시로 반복되는 동생의 우울증 때문에 자신마저 우울증에 걸릴 것 같다고 토로했다. J는 철없는 아버지를 대신해 어머니를 위로하는 속 깊은 장녀였다. 하지

만 아버지 욕을 가만히 들어주는 게 고역이라고 속내를 털어놨다.

나는 머리가 어지러울 만큼 고개를 끄덕였다. 그리고 뭉글뭉글 떠오른 질문 하나. "장녀는 왜 집안일에서 벗어나지 못할까?" 가족의 고충을 들어주는 상담사, 아픈 가족을 돌보는 간병인, 집안 문제를 해결하는 복지사…… 적어도 한 가지 이상의 역할을 장녀가 떠안았다. 많은 장녀들이 그렇게 살고 있었다니, 아찔했다.

어느새 장녀 모임이 되어버린 자리에서, 모두가 입을 모은 최고의 괴로움은 장녀의 역할을 가족들이 '당연하게 생각하는 것'이었다. 너는 장녀니까. 누나가 참아야지. 가족을 위해 희생하는 건 당연한 일이었고, 생색조차 낼 수 없었다. 집안에 일이 생기면 발을 동동 구르고, 밤잠을 설치고, 하던 일을 내던지고 달려가는 마음, 그 진심 어린 노력과 사랑을 누구에게도 인정받지 못했다. 마치 장녀가 태어날 때부터 타고난 역할이요 천성인 것처럼.

내가 장녀 독립을 선언한 건 4년 전 여름이었다. 엄마 앞에서 또박또박, 분명하게 말했다.

"앞으로 가족 생일이다, 명절이다 꼬박꼬박 챙기지 않을 거야. 내가 하고 싶을 때 챙기고 싶어. 선물이든 연락이든. 의무로 하지 않고."

"그래? 남남처럼 살자는 거네. 좋아, 앞으로 모른 척하고 살아!"

엄마가 벌컥 화를 냈다. 평소라면 내가 괜한 말을 했어, 나중에 얘기하자, 얼버무렸겠지만 그렇게 하지 않았다.

"그런 말이 아니잖아! 장녀라는 의무감으로 살기 싫단 거야."

나도 지지 않겠다는 듯이 목소리를 높였다.

"넌 나이 먹으면서 점점 이상하게 변한다. 말 잘 듣던 애가 왜 이래! 너 혼자 편하게 살겠다는 얘기지? 그러자. 그러자고!"

큰 잘못이라도 저지른 것처럼 나를 매섭게 비난했지만 흔들리지 않았다. 어쩐 일인지 머릿속이 점점 선명해졌다. 이건 잘못이 아니야. 실수도 아니야. 날 위한 선택일 뿐이야. 나는 잠시 침묵하다가 나지막이 대꾸했다. "원하면 그렇게 할게."

입을 꾹 다문 엄마는 눈도 마주치지 않았다. 미안함과 죄책감이 뒤엉켜 흘렀지만, 나는 되돌리지 않겠어, 이제는 끝내리라, 거듭 생각했다. 나에게 동의를 구하지 않은 삶, 부모의 짐을 대신 짊어져야 하는 삶, 일찍 어른이 되어버린 장녀의 삶을.

가족이 언제나 서로를 존중하는 것은 아니다. 오히려 너무 가까워서 쉽게 균형을 잃고 존중은 사라진다. 나는 무너진 균형을 바로잡고, 잃어버린 존중을 되찾고 싶었다. 천하의 나쁜 년이 돼도 좋아. 엄마가 욕해도 어쩔 수 없지. 이 악물고 "장녀 독립 만세!"를 외쳤다. 거저 주어지는 자유는 없으니까.

## 스스로 마음의 탯줄을 끊었다

엄마는 살면서 딱 한 번 나를 잃어버린 적이 있다. 사람들로 북적거리는 어린이대공원에서 자식을 잃어버린 순간, 엄마는 "갑자기 땅이 푹 꺼져서 걸을 수 없었다"고 했다. 유미야, 유미야, 유미야…… 애타게 내 이름을 불렀을 엄마. 길 가는 사람마다 붙잡고 물어봤겠지. 단발 곱슬머리에 허리춤만 한 여자아이를 봤느냐고. 어느 마음씨 좋은 아주머니가 길 잃은 널 찾아줬어. 천만다행이지. 정말 널 잃어버리는 줄 알았어. 마치 어제 일어난 일처럼 엄마가 깊은 한숨을 내쉬었다.

시간이 흘러 단발머리 여자아이는 어른이 되었지만, 이따금 길 잃은 아이처럼 엄마를 찾곤 했다. 엄마, 엄마, 엄마……

나는 어른이 되지 못한 마음에 대해 생각했다. 보란 듯이 독립했지만 곁을 맴도는 건 바로 나였다. 마음 한구석에서는 여전히 사랑을 필요로 하고 있었다. 있는 그대로 나를 이해하고 돌봐줄 사랑, 언제 어디서나 혼자가 아니라는 걸 느끼게 해줄 사랑이.

잊고 있었던 기억들이 떠올랐다. 까닭 없이 멀어진 친구 앞에서 우물쭈물했던 나, 가족에게 인정받기 위해 애쓰고 애썼던 나, 사랑하는 연인의 손을 놓쳐버린 나, 헤지고 깨져버린 내가 줄지어 늘어섰다. 그리고 모두 입을 모아 말했다.

"혼자 남겨지면 안 돼. 사랑해 줄 사람이 필요해."

하지만 나를 사랑할 의무는 누구에게도 없잖아. 엄마도 그런 사랑은 줄 수 없어. 이제까지 모른 척하고 살았던 냉엄한 현실을 똑바로 바라봤다. 그리고 결심했다. '태어날 땐 다른 사람의 손을 빌려 탯줄을 잘랐지. 이번에는 내 손으로 잘라낼 거야. 더는 사랑을 구걸하며 살지 않겠어.' 그렇게 선언하는 순간 마음의 탯줄이 떨어져나갔다. 단지 마음에서 벌어진 일인데도 몸이 떨리고, 걸음이 휘청거렸다.

유미야, 유미야, 유미야. 소리 없이 내 이름을 불렀다. 그러자 마음의 좁은 길을 따라 길 잃은 아이가 걸어왔다. 나는 조용히 다가가 아이를 품에 안고 이렇게 말해주었다.

"내가 부모가 되어줄게. 이제부터 내가 너의 엄마고 아빠야."

아빠가 떠나고, 엄마가 날 밀어내도 나에게는 내가 있구나. 마음 깊숙한 곳으로부터 안도했다. 집을 나오는 게 독립인 줄 알았다. 하지만 진짜 독립은 마음에서 벌어지는 일이었다.

스스로 부모가 되려면 주변의 도움이 없어도 몸과 마음을 돌볼 수 있어야 한다고 생각했다. 살림에는 영 취미가 없지만 때가 되면 나에게 밥을 먹이고, 깨끗한 잠자리를 준비했다. 엉성한 살림꾼이지만 매일매일 노력했다. 마음이 곤궁할 때면 바로 나에게 달려가서 아픈 곳을 살피고, 무엇이 필요한지 귀를 기울였다.

내가 번 돈은 온전히 나를 위해 썼다. 애먼 죄책감이 끼어들 틈 없이, 그 돈으로 살 곳을 마련하고 생활비를 충당했다. 배우고 싶은 게 있으면 아낌없이 투자하고, 일하는 데 필요한 값비싼 장비도 척척 장만했다. 불안해하는 나에게 제법 의젓한 모습도 보여줄 수 있게 됐다.

"야야, 걱정 마. 굶어죽지 않아. 내가 먹여 살린다고."

그렇게 말하고 나면 신기하게도 곧 마음이 가라앉았다.

이제는 엄마의 부름에 전전긍긍하지 않는다. 엄마 주변을 맴도는 일도 멈췄다. 사랑을 달라고 떼쓰던 아이는 스스로를 책임질 수 있는 진짜 어른이 되었으니까.

## 저는 자판기가 아니에요

엄마는 일절 부탁하는 법이 없었다. 약한 소리, 앓는 소리도 하지 않았다. 분명 원하는 것이 있는 것 같은데, 그것을 빙빙 돌려 말하면 내가 알아서 헤아리고 눈치껏 해결해 주길 바라는 특유의 화법을 사용했다. 이런 식의 말투는 어린 마음에도 저항감을 일으켰고, 나는 분노를 연료삼아 은밀하게 반항심을 키우기도 했다. 하지만 부리기 좋게 길이 든 나는 엄마가 원하면 언제든 무제한 이용이 가능한 자판기였다.

마감이 코앞이라 바쁜 날이었다. 엄마는 평소처럼 전화를 걸어 당신의 문제를 늘어놨다. 뻔했다. 또 눈치껏 내가 당신의 문제를 해결해 주길 바라는 것이리라. 피로가 몰려왔다.

"그래서 어쩌라고?"

생각이 입 밖으로 툭 튀어나왔다. 말을 걸러낼 새도 없이.

"그냥 그렇다는 거지. 너는 무슨 말을 그렇게 싸가지 없게 하냐?"

당황한 엄마가 나를 나무랐다. 아뿔싸. 실언을 했구나. 주춤거리다가 차라리 잘됐어, 까짓것 속 시원하게 말이라도 해보자, 그랬다.

"엄마, 나 지금 일하고 있어. 그냥 뭐가 필요한지 얘기를 해. 말 안 하면 몰라. 종일 엄마 생각하면서 뭐가 필요할까, 뭘 해줄까, 이럴 순 없잖아."

사정 좀 봐달라고 부탁하거나 돌려서 말하면 뭐가 문제인지 느끼지 못할 것 같았다. 돌처럼 단단하게 굳어버린 습관을 깨기 위해서 때로는 날카롭게 말해야 한다.

"그래, 내가 니 생각을 못했다. 언제 전화하면 되냐?"

엄마의 반응은 뜻밖에도 쿨했다.

"저녁 먹고 전화해. 일할 때는 전화 받기 힘들어."

엄마는 "나이 든 자식 무서워서 말도 못하겠다"며 서운함을 표시했지만, 난 굴하지 않고 반복해서 이야기했다. "뭐가 필요한지 말해야 알지. 내가 독심술을 부릴 수 있는 것도 아니고." 그때부터였을까, 엄마에게도 조금씩 변화가 생겼다. 서툴지만 당신 입으로 필요한 걸 이야기하기 시작한 것이다. 시간이 갈수록 애매모호했던 요구가 차차 부탁하는 말투로 바뀌었다.

나에게도 변화가 생겼다. 엄마의 요구에 무조건 '네'라고 대답하던 습관을 버렸다. 그 대신 나에게 먼저 질문했다. '엄마를 기꺼이 돕고 싶은가?' 만약에 대답이 '아니'라면 솔직하게 이야기했다. "지금은 할 수 없어. 나중에 다시 생각해 볼게." 무리한 부탁이다 싶을 땐 "아우, 나도 먹고살기 힘들어" 하고 엄살을 떠는 요령도 터득했다. 그리고 일을 맡을 경우, 얼마만큼의 시간과 수고가 드는지 반드시 설명했다. 적어도 부탁한 일의 무게는 알아야 하지 않겠는가? 그리고 불평이 줄었다. 거절할 건 거절하고, 할 수 있는 일은 기꺼운 마음으로 했으니까.

얼마 전에 엄마가 전화를 해서 동생까지 들먹이며 뭔가를 빙빙 돌려 말하는데 무슨 얘기인지 도무지 알아들을 수가 없었다. 나는 단순하게 되물었다. "그래서 내가 필요하단 얘기지?"

"어, 그래. 니가 집에 좀 와야겠어."

"그럼, 그렇게 얘기하면 되잖아. 집에 잠깐 들를 수 있냐고. 뭘 그렇게 어렵게 얘기해?"

"이제는 너한테 뭐 부탁하려고 하면 긴장이 돼서, 무슨 말을 해야 할지 모르겠다. 오죽 어려운 딸이어야지."

누그러진 엄마 목소리를 들으니, 진심으로 하는 말 같았다. '어렵다'는 말이 싫지 않았다. 오히려 반가웠다. 그것은 어쩌면 배려와 존중의 또 다른 모습이리라. 긴 투쟁이었다. 엄마한테 선을 그으면서 '진짜 싸가지 없네' 스스로 욕도 많이 했다. 하지만 결국 우리는 변했다. 서로의 의사를 묻고, 대답에 귀 기울이는 관계로.

"맛있는 거 사줄 테니 집에 와라. 오는 김에 엄마 부탁도 좀 들어주고. 이러면 간단하잖아."

내가 말했다.

"그런 방법이 있었네! 딸, 엄마가 맛있는 거 쏠게, 와라."

엄마가 신이 나서 맞장구를 쳤다.

"콜!"

그 주 금요일까지 하던 일을 끝내고, 엄마를 찾아갔다. 먼저 부탁받은 일을 처리하고, 엄마가 사주는 샤브샤브를 맛있게 먹었다. 이렇게 자상한 사람이었다니 싶을 정도로 채소도 먹고 고기도 먹어보라며 살갑게 챙겨줬다. 저녁에는 내가 영화를 보여줬다. 엄마는 "평생 본 영화 중에 최고다!" 하며 짧고 투박한 엄지를 치켜 올렸다. 함께하는 하루 동안 명령하는 사람도 없고 애쓰는 사람도 없는 선선한 평화가 흘렀다.

우화 속에 나오는 나무처럼 주고, 또 주고, 아낌없이 주는 자판기가 되지 않아도 나는 여전히 엄마의 소중한 딸이었다. 필요한 걸 말하고 나눌 수 있을 만큼만 주었을 따름인데, 이런 생각이 들기는 처음이었다. 어딘가 쑥스럽고 낯설었지만 마음껏 즐기기로 했다. 새롭게 시작한 엄마와 나의 러브 스토리를.

## 아픈 엄마는 낯설고 어렵다

처음으로 엄마의 보호자가 된 건 6년 전이었다. 갑자기 새벽에 목과 어깨가 아파서 죽겠다며 전화가 왔다. 정신없이 달려가 엄마를 부축해 병원으로 갔다. 목 디스크가 터져서 당장 수술이 필요한 상황. 수술 동의서에 사인을 했다. 수술실 유리문 너머로 사라지는 엄마를 지켜보면서, 심장이 철렁 내려앉는다는 게 무엇인지 난생처음 느꼈다.

2주를 꼬박 병원에서 지냈다. 진행중인 프로젝트나 강의는 모두 일시정지. 클라이언트에게 사정을 얘기하고, 수강생에게는 일일이 전화를 걸어서 양해를 구했다. 엄마는 만사 다 싫다면서 나만 곁에 두었다. 하필이면 여름, 더위를 못 참는 엄마는 극심하게 짜증을 냈다. 비좁은 6인실에서 할 수 있는 거라고는 간호사한테 진통제를 놔달라고 부탁하거나 다리를 주무르면서 달래는 것뿐이었다. 견디다 못해 근처 마트에서 모시옷과 여름용 라텍스 베개, 목이 긴 선풍기를 사왔다. 늦은 밤, 병실 복도에서 선풍기를 조립하면서 생각했다. 이런 일은 두 번 다시 겪고 싶지 않다고.

하지만 3년 뒤, 또다시 보호자가 되었다. 이번에는 왼쪽 무릎 인공관절 수술이었다. 이번에는 미리 수술 날짜가 잡혀서 상황을 돌아볼 여유가 있었다. "그때처럼 간호에만 매달릴 수는 없어. 현실적인 대책이 필요해." 나는 새로운 프로젝트를 대하기라도 하듯이 자세를 고쳐 잡았다.

내가 선택한 건 책임의 분산이었다. 먼저 퇴원 날짜를 확인하고 그때까지 해야 할 일들을 머릿속에 쭉 나열했다. 그러고 나서 '내가 해야 하는 일' '동생이 할 수 있는 일' '엄마 혼자 할 수 있는 일'을 구분했다. 수술하는 날 곁을 지키는 건 '내가 해야 하는 일'로 체크했다. 회복하는 동안 엄마가 화장실을 갈 때 부축하거나 잔심부름을 하는 건 '동생이 할 수 있는 일'이었다. 그리고 퇴원하고 나서 통원 치료는 '엄마 혼자 할 수 있는 일'로 분류했다. 만약에 이동이 불편하다면 기꺼이 택시비를 지원하리라.

이렇게 생각을 정리하고 엄마와 동생에게 각각 이야기했다. 모두 동의해 준 덕분에 순조롭게 각자 역할을 분담했다. 게다가 병원 방침이 병실에 공동 간병인을 두는 시스템이었기 때문에 보호자가 숙박을 할 수 없었다. 그리고 수술 당일이 되었다. 말은 똑 부러지게 했지만 아파하는 엄마를 두고 집에 가려니 걱정이 되었다. 겉옷을 들고 안절부절못하고 있으니까 "간병인 있으니까 괜찮아" 하고 엄마가 나를 안심시켰다.

걱정과 달리 동생도 제법 자기 역할을 잘 해냈는데, 엄마 말을 빌리자면 "조금 부실하지만 최선을 다했다"고 한다. 엄마는 동생과 함께 퇴원 수속을 마치고 집으로 돌아갔다. 나는 약속대로 택시비를 지원했고, 진행중이던 일과 강의를 차질 없이 마무리할 수 있었다.

1년 전에는 엄마가 오른쪽 무릎에 시술을 받았다. 수술도 아니니까 당신 혼자 다녀오겠다고 했고, 나는 굳이 따라나서지 않았다. 그런데 큰 수술 버금가게 아파서 5일이나 입원했었다는 걸 뒤늦게 알았다.

"별거 아닌 줄 알고 갔지. 그런데 어우, 진짜 아파서 혼났어. 수술하는 거랑 똑같이 째고, 찢고. 그날 내 발로 집에 못 간다고, 입원하겠다고 말했지. 무통 주사라도 맞아야 할 거 아냐. 병실에 딱 누워 있는데 아프고 서럽고 눈물 나더라. 혼자 끅끅 서럽게 울었어. 그랬더니 옆 침대에 누워 있는 아줌마가 왜 우냐고 묻더라. '아, 그냥 사는 게 처량해서 울어요' 했더니, '사는 게 그렇죠' 하더라. 그래, 이건 내 몫이다. 내 아픔 내가 감당한다, 그랬어…… 그냥, 그랬다고."

평소였다면, 아픈 엄마를 혼자 둬서 미안하다고 나 역시 호들갑을 떨었겠지만 그날은 내 태도도 좀 달라져 있었다.

"근데 5일간이나 어떻게 병원에 혼자 있었어?"

"재미있었어."

"뭐가 재밌어? 아파서 그러고 있는데?"

"거기 사람이 많아서 재밌었어. 아줌마들하고 얘기도 하고. 예전부터 그랬잖아. 난 사람 많은 데가 좋다니까."

엄마가 웃으면서 말했다. 그 모습이 제법 단단하고 힘이 있어서 나의 어설픈 동정이나 미안함 따위는 끼어들 틈이 없었다.

한때 엄마의 삶을 내가 모두 책임져야 한다고 생각했었다. 당신의 불행과 고통을 내가 해결해 주겠다고 밤새 고민하며 뒤척인 날도 많았다. 그러면서 "엄마는 이제 내가 없으면 안 돼" 하고 우쭐한 기분을 느꼈던 것도 사실이다. 하지만 엄마는 내가 헤아릴 수 없는 긴 시간 동안 자신의 힘으로 버티고 견디며 살아왔을 것이다. 이렇게 생각하니 마음 한 구석이 겸허해졌다. 애초에 내가 할 수 있는 일은 당신의 손이 닿지 않는 조그만 부분을 돌보는 정도였을지도 모른다.

그날 이후, 나는 엄마를 도움이 필요한 사람으로 보던 시선을 거뒀다. 엄마에게도 스스로 짊어져야 할 삶의 무게가 있다. 나는 그걸 무시할 자격도, 대신해서 짊어질 능력도 없다. 이제는 자신의 방식으로 굳건하게 살아가는 한 사람을 바라본다. 나의 역할은 내가 필요하다고 말하는 순간에 귀 기울이고, 그것이 내가 감당하고 책임질 수 있는 일인지 선별하는 것뿐이리라.

# 3

## 자기 사랑의 기술

:

혼자가 되면

비로소 알게 되는 사랑

## 난생처음 스스로를 안아주었다

강연자가 조명을 받고 서 있는 무대가 마치 딴 세상처럼 보였다. 선명한 붉은색 니트에 깔끔한 셔츠를 입은 그는 능숙하게 강연을 이끌었다.

"나를 사랑하세요. 있는 그대로 허용해 주세요. 더하거나 뺄 것 없이 그대로 인정해 주세요. 자신이 뭘 하든 웃으면서 지켜봐 줄 수 있어요. 흘러가면 그만인 생각과 곧 사라질 오해들로 자신을 괴롭히지 마세요. 소중하게 여겨주세요. 나는 영원히 빛나는 보석입니다."

살을 에는 듯한 추위를 뚫고 찾아간 어느 낯선 모임, 나는 그곳에 앉아 가시지 않은 한기에 몸을 떨며 마음을 지탱할 곳을 찾았다. 파혼은 마치 해프닝처럼 끝이 났다. 평소와 다름없이 회사에 출근하고, 비슷한 시간에 집으로 돌아와 씻고 잠을 잤다. 변한 건 없었다. 스스로 봐도 놀랄 정도로 의연했기 때문에 괜찮은지 걱정하는 사람도 없었다. 오직 나만이 느낄 수 있는 감각으로 마음에 균열이 간 걸 알았을 뿐.

나는 확신으로 가득 찬 강연자를 보면서 생각했다. '정말 멋진 말이에요. 자신을 사랑하다니! 그러면 정말 좋겠네요. 그럼 지난 시간을 보상받을 수 있나요? 앞으로 사랑을 구걸할 일은 없겠네요. 그런데, 있잖아요, 어떻게 나를 사랑하란 말이죠?' 듣기 좋지만, 말도 안 되는 이야기. 이 낯선 사랑의 첫인상은 그랬다.

강연이 끝나자 그림을 그리는 시간이 주어졌다. 주제는 '내가 느끼는 나.' 그동안 많은 그림을 그렸지만 이런 주제는 처음이었다. 작업실이라면 72색 색연필을 펼쳐놓고 스케치부터 느긋하게 해나갈 텐데…… 나는 12색 돌돌이 색연필을 왼손에 움켜쥐고 잠시 고민에 빠졌다. 힐끔, 양 옆을 살펴보니 모두들 열심이었다. 고민만 하다가는 시작도 못하겠어. 어쩔 수 없지, 그냥 손 가는 대로 그려보자.

스윽스윽 초록색 색연필이 미끄러지듯이 A4 종이 위로 뻗어나

Dalkom Artist Yuyu

갔다. 몇 번 반복해서 선을 그으니 나무의 곧은 줄기가 되었다. 이어서 줄기 사이로 잎사귀가 쑥쑥 자랐다. 마치 살아있는 것 같네. 생각보다 근사한 추상화가 되었다. 그리고 신중하게 주황색 색연필을 골라잡고 줄기를 따라 동그란 꽃을 그렸다. '이제야 다 완성했네' 하고 보니 그림 속의 나는 생장하는 식물이 되어 있었다.

"다 그리셨나요? 그럼, 지금부터 그림 속의 '나'를 만날 거예요. 이렇게 양 손으로 그림을 감싸고 가만히 안아주세요."

스태프가 앞에 나와서 다음 순서를 진행했다. 흠흠. 두어 번 의미 없는 마른기침을 하다가 시키는 대로 종이를 품에 안았다. 내면의 느낌에 집중하려고 눈을 감으니 종이 속 풍경이 생생하게 눈앞에 펼쳐졌다. 잎사귀가 출렁이고 주황색 꽃이 톡톡 망울을 터트렸다.

'이게 나를 사랑할 때 느낌일까?'

전에 느낀 적 없는 부드럽고 따듯한 공기가 얼어붙은 마음 사이로 스며드는 듯했다. 그러다 불현듯 난생처음 스스로를 안았다는 사실에 얼굴이 붉어졌다.

## 할머니를 닮은 소파

2009년 겨울, 강연에 참석한 게 인연이 되어 '자기 사랑을 실천하는 소모임'의 멤버가 되었다. 그 자리에 모인 사람들은 예닐곱 명. 네 평 남짓한 아담한 응접실에서 첫 모임을 시작했다.

"저…… 잘 부탁드려요."

나는 소파 위에 앉아 머쓱하게 인사를 건넸다.

둥근 도넛 모양의 소파는 세 개로 분리돼 있었는데, 하나에 서너 명씩 앉을 수 있었다. 모임이 있는 날에는 사람이 드나들 수 있게 소파 간격을 벌리고 그 사이에 간이의자를 뒀다. 모임을 진행하는 사람의 지정석이었다. 나는 첫눈에 소파가 마음에 들었다. 촘촘한 꽃무늬가 수놓인 세피아 톤 패브릭을 보고 있으면 외할머니가 생각났다. 할머니가 겨울에 즐겨 입었던 니트 카디건에도 고만한 꽃무늬가 수놓아져 있었다. 모임에서 할 말을 잃을 때면 나는 시선을 내려뜨리고 소파의 꽃무늬를 하나씩 헤아렸다. 그러면 신기하게도 마음이 곧 차분해졌다.

소파의 또 다른 신비는 사람들을 하나로 엮는 데 있었다. 절대로 연결고리를 찾을 수 없는 이야기를 들을 때도 소파에 앉아 있으면 쉽게 마음이 열렸다. 그 자리에서 이해하지 못할 이야기는 없었다. 남편을 증오하는 아내의 심경, 직장에서 인정받지 못해 생긴 화병, 원나잇을 해서라도 채우고 싶은 애정 욕구, 거듭되는 취업 낙방에 터져버린 열등감까지, 소파는 구슬을 엮는 탄탄한 실처럼 각기 다른 사연을 품은 사람들을 이어주었다.

그 공간은 마음의 시름을 꺼내놓는 쟁반, 타인을 통해 스스로를 비춰보는 거울이었다. 우리는 날이 저물면 둥근 소파에 둘러앉아 감춰왔던 자신을 드러내고 스스로를 단죄했던 시간을 용서했다. 이렇게 사람들은 각자의 방법으로 삶을 변화시켰고, 그 과정은 때로 마법처럼 아름다웠다.

소파 사이에 앉은 진행자는 참석한 멤버들의 마음이 너무 물러지거나 딱딱해지지 않게 세심한 중간자 역할을 했다. 그 시기에 나는 지나친 자기 연민에 젖어 있을 때가 많았다. 그럴 때면 진행자는 스스로 자신의 상황을 객관적으로 돌아볼 수 있게 도움을 주었다. 나는 여전히 가엾은 어린아이인가? 지금도 나약한가? 자신을 깎아내리면서까지 남들로부터 사랑을 받으면 과연 행복할까? 사랑을 구하는 방식에 의문을 갖게 된 순간도 바로 그 소파 위에서 맞았다.

그럼에도 불구하고 스스로를 사랑하는 일이 몸에 맞지 않는 옷처럼 불편할 때가 있었다. 그럴 때면 '다 그만둘 거야' 하고 몇 날이고 잠수를 타기도 했다. 사람들에게 내면이 성장한 모습을 보여주고 싶었고, 그래서 한없이 평화롭고 자비로운 상태가 되려고 애쓰기도 했다. 하지만 머지않아 깨달았다. 자신을 사랑하는 방법에도 각자 고유한 언어와 속도가 있다는 것을.

# 사랑이 필요한 아이가 있었다

모임의 진행 방식은 유연했다. 소파에 빙 둘러 앉은 사람들이 한 명씩 자기 이야기를 하면, 진행자가 질문이나 첨언을 했다. 함께 참석한 사람들끼리 경험한 이야기의 내용이 비슷한 경우도 꽤 있어서 쉬는 시간에 서로 어떻게 그 경험을 소화했는지 얘기하기도 했다.

처음 이야기를 시작한 사람은 한눈에 봐도 20대 중반의 사회 초년생이었다. 짧게 정돈한 머리에, 깨끗하게 세탁한 면 셔츠와 청바지, 이렇다 할 특징 없는 평범한 얼굴이었는데, 헛기침을 계속하고 눈은 사람을 똑바로 쳐다보지 못했다. 아마도 오래된 습관 같았다.

"저는 못할 거래요. 머리가 나빠서."

그가 말했다.

"뭐 하나 제대로 하는 일도 없고, 멍하게 하루를 보낼 때도 많아요. 자괴감이 많이 들어요. 도대체 왜 사나, 그런 생각을 하루에도 수십 번씩 하고. 그냥 콱 죽어버리고 싶을 때도 있고요. 아버지께선 취업하기도 어려운데 전공까지 바꿨다고 화를 내시고, 회계 공부는 어렵고…… 하루에도 몇 번씩 그냥 다 포기하고 싶은 마음이 들어요."

아버지 얘기를 할 때마다 깍듯이 존칭을 쓰는 모습이 생경하게 느껴졌다.

"대학에서는 컴퓨터공학을 전공했고, 얼마 전까지 중소기업 회계 부서에서 인턴으로 일했는데 최종 심사에서 떨어졌어요. 비전공자가 무슨 경쟁력이 있겠어요? 제가 부족한 탓이죠."

그는 고개를 떨어뜨렸다. 체념한 듯한 얼굴을 하고 있었는데, 어떤 말로도 위로할 수 없을 것 같은 표정이었다.

"실망이 컸겠어요. 회계 일이 정말 하고 싶었나 봐요."

진행자가 찬찬히 그의 표정을 살피면서 말하자, 불안한 듯 헛기침을 했다.

"대학을 나오긴 했는데 뭘 잘하는지 모르겠어요. 그러다가 회계에 관심을 갖게 됐고…… 아, 저희 아버지께서 경리과 부장이시거든요. 제 문제집도 슥 보고 한 번에 푸셨어요. 굉장히 똑똑하신 분이세요. 저랑은 다르게."

"그래서 회계 일이 하고 싶었던 거예요?"

"학원 성적도 나쁘지 않고, 아버지께서 조언을 해주시니까 해볼 만하다고 생각했죠. 저만 정신 차리고 잘하면 된다고 말씀하셨어요. 비전공자를 써줄 회사가 있을지 모르겠지만……"

'비전공자'라는 말을 입에 올릴 때마다 그는 곧 울 것 같은 표정을 지었다. 그러고는 아버지 얘기를 계속 반복했다. 아버지가 자신에게 실망했던 일, 회계 공부를 하겠다고 얘기했을 때 아버지가 보여줬던 관심…… 마치 아버지를 위해 자신이 존재하는 것처럼, 아버지 앞에서 신앙 고백이라도 하듯이. 나는 구부정하게 앉아 있는 그를 보면서 '사랑이 필요한 아이가 앉아 있네' 하는 생각이 들었다. 어쩐지 그 아이가 낯설지 않았다. 맞아, 내 안에도 저런 아이가 살고 있지, 하고 느낀 순간 가슴 한 켠이 쓸쓸해졌다.

진행자는 대화를 통해서 그가 진짜로 원하는 게 무엇인지 스스로 알아차리기를 기다렸지만 소용없었다. 그에게 허락된 유일한 직업은 회계 일이었고, 그 안에서 비전공자라는 낙인은 넘을 수 없는 벽이었다. 하지만 그 자리에 있는 모두가 알고 있었다. 그가 바라는 건 비전공자의 한계를 뛰어넘는 것도, 취업에 성공하는 것도 아니었다. 아버지에게 인정받는 것. 오직 그 바람뿐이었다.

다음해에 우연히 그를 다시 만났다.

"저 취업했어요. 경리부 정직원으로. 부천에 있는 제법 규모가 큰 학원이에요. 아버지가 무척 기뻐하셨어요."

어깨에 힘을 주고 말하는 그를 보면서 '그래, 잘됐다. 그래서 아버지한테 충분히 인정받고 사랑받았어?' 하고 물어보고 싶은 걸 꾹 참았다. 대신 축하한다는 짤막한 인사를 건넸다. 그가 부끄러운 듯 고개를 숙였다. '그래, 그렇구나. 사랑이 필요한 아이가 아직도 저곳에 있네' 그런 생각이 드는 순간 그를 꼭 안아주고 싶어졌다.

내가 괜찮다고 하는데 문제될 게 뭐 있겠어?

모임이 세 달째로 접어들었다.

그해 겨울은 유독 길어서 3월에도 눈이 내렸다. 저녁이 되자 눈발이 더욱 거세졌다. 속속 도착한 사람들이 눈을 털고 들어와 둥근 소파에 차례대로 앉았다. 내 키보다 큰 온풍기가 뜨거운 바람을 힘껏 내뿜어 젖은 머리카락과 옷깃을 녹여주었다. 그래도 한기가 가시지 않아서 빨갛게 언 양 손끝을 소매 자락에 넣고, 진행자가 소파 사이에 자리 잡는 걸 물끄러미 쳐다봤다.

딸그랑, 유리문이 열리면서 종소리가 났다. 얼굴이 바짝 마르고 예민한 인상의 그녀가 서둘러 들어왔다.

"늦어서 죄송합니다."

극성맞은 눈발을 어떻게 피해왔는지 갓 씻은 듯 말간 얼굴이 유독 눈에 들어왔다.

"분위기가 달라 보여요. 딴 사람이 들어오는 줄 알았네. 마음이 달라지면 얼굴도 변하게 마련이죠. 무슨 좋은 일 있었어요?"

진행자가 그녀를 보면서 호들갑스럽게 말하는 바람에 사람들의 시선이 한 번에 쏠렸다. 그녀는 갑자기 쏟아진 관심에 당황하지 않고 가방을 내려놓으면서 입을 열었다.

"맞아요, 정말 많은 게 변했어요. 아…… 뭐부터 얘기할까요?"

잠시 뜸을 들이다가 그녀가 이야기를 시작했다.

"그래요, 늘 남편이 문제였어요. 얘기했잖아요. 자기만 알고, 이기적인데다가 똥고집, 아우, 그런 똥고집이 또 없다고. 결국 이혼이 답이구나 싶었는데…… 자꾸 기대하니까 실망할 수밖에 없겠더라고요. '너한테 뭔가 기대하느니, 내가 나를 사랑하겠어.' 이렇게 마음먹었죠. 남편이 거들먹거리면서 제 탓을 해도, '네가 이해 못하는 거, 어쩔 수 없지. 근데 누가 뭐래도 나는 내 편이다!' 이렇게요. 근데 그러고 나니까 평소 같으면 크게 붙을 일도 그냥 넘기게 되더라고요. 나 스스로 괜찮다고 하는데 문제될 게 뭐 있겠어요."

"남편도 확 달라진 걸 느꼈겠네요."

"모를 수가 없었을걸요. 제가 짜증내던 게 확 줄었으니까. '그 인간하고 싸울 시간에 나를 위해 좋아하는 일을 하자.' 속은 뒤집어지는데 부들부들 떨면서 다짐했어요. 혼자 바람도 쐴 겸 카페에 가서 커피도 마시고, 책도 읽고, 생전 쓰지 않던 일기도 끼적거렸죠. 그런데 언제부턴가 저한테 밥은 먹고 일하느냐며 살갑게 챙기질 않나, 외식하러 나가자고 하질 않나, 어제는 같이 심야 영화도 봤어요. 그냥 남편한테 신경 끄고 저한테 집중한 것밖에는 없거든요. 이혼을 하느니 마느니 난리를 피울 땐 꿈쩍도 안 하던 똥고집이 이렇게 변할 줄은 몰랐죠. 요즘 제가 화도 덜 내고 짜증도 안 부려서 예뻐 보인다나 뭐라나. 뭐, 남편 좋으라고 한 건 아닌데 괜히 신혼 때 기분도 생각나고 그래요."

불과 몇 주 전만 해도 미간에 잔뜩 힘을 주고 남편을 신랄하게 헐뜯지 않았던가! 사랑의 힘을 회복한 사람이 보이는 변화는 놀라웠다. 얼굴에서 반짝반짝 빛이 나며, 주변을 밝고 선명한 색으로 물들였다. 웃지 않아도 즐거워 보였는데, 저런 표정을 짓고 있는 사람 앞에선 누구도 먼저 화낼 일이 없을 것 같았다.

그녀만이 아니었다. 모임이 거듭될수록 사람들은 자신의 경험을 여과 없이 쏟아냈다.

"내가 소중한 존재란 걸 알게 됐어요."

"누가 뭐래도 내 편이 되어주겠다고 약속했어요. 진심으로."

"오랫동안 꽁꽁 감춰왔던 아픔까지 진심으로 안아줬어요."

"정말 나밖에 없더라고요."

이때까지만 해도 나는 '이런 나를 어떻게 사랑하라고? 아직 모자란 것투성인데' 하며 마음을 열지 않았다. '비교하고, 자책하고, 미워하는 습관이 하루아침에 바뀔 리 있겠어?' 곁눈질하며 의심했다. 하지만 두 눈으로 똑똑히 지켜봤다, 자기 사랑이라는 이 낯선 사랑이 그들의 마음을 치유하고, 어려움을 헤쳐나갈 힘을 주고, 소중한 관계를 더욱 끈끈하게 만들어주는 것을.

이 모든 증거들이 입을 모아 나에게 이렇게 말하는 것 같았다. "너 자신을 사랑해도 괜찮아." 사람들이 보여준 간절하면서도 꾸밈없는 변화 앞에서 단단하게 굳어 있던 내 마음도 조금씩 움직이기 시작했다.

## 무서워, 무서워요

모임의 또 다른 멤버는 가늘게 올라간 눈매에 작은 코, 얼굴보다 커 보이는 각진 안경, 웃을 때 개구쟁이처럼 코를 찡긋하는 버릇이 귀여운 이십대 후반의 직장인이었다. 그런데 자신의 이야기를 할 차례가 오자 그녀 얼굴에서 웃음기가 싹 가셨다. 안경을 만지작거리다가 머리카락을 귀 뒤로 쓸어내리더니 손가락을 깍지 끼고 안절부절못하면서 기어들어 가는 목소리로 겨우 말했다.

"무서워요."

소파에 앉아 있으면 사람들의 다양한 생각을 들을 수 있었는데,

모임 초반에는 사람들이 자기 생각을 꺼낼 때 열이면 열, 마치 말에 안개라도 낀 것처럼 흐릿한 인상을 줬다. 무슨 말을 하는 건지, 뭘 표현하고 싶은 건지, 그 생각이 어디서부터 시작됐는지 구체적으로 말하는 경우는 드물었다. 모두 어른들인데 자기 생각과 느낌을 알아차리고 표현하는 데 그토록 서툴 수 있다니, 놀라웠다.

그녀의 말을 듣고 진행자가 차분한 목소리로 되물었다.

"뭐가 얼마나 무서운지 조금 더 자세히 얘기해 줄 수 있어요?"

"그냥, 살다보면 무슨 일이 생길지 모르잖아요. 저…… 모아놓은 돈도 한 푼 없어요. 능력도 없고. 앞으로 잘살 수 있을까요? 미래가 불안하고, 걱정돼요."

그녀 역시 다르지 않았다. 두렵다는 느낌은 있지만 그것이 어디서 비롯되었는지는 알지 못했다.

"무서워서 회사는 어떻게 다녀요?"

"돈은 벌어야 하니까 다니죠. 먹고는 살아야죠."

"무서우니까 제대로 쉬거나 놀지도 못하겠네요."

"뭐, 가끔 친구들하고 만나고 클럽 가는 거 좋아해요. 지난 주말에도 갔다 왔는데…… 스트레스 풀러."

"무서워서 어떻게 맘 편히 놀아요? 막 이렇게 춤추면서 '아, 무서워, 무서워, 무서워' 이래요?"

진행자가 우스꽝스럽게 두 팔을 접어올리고 몸을 좌우로 흔들면서 춤추는 시늉을 했다. "아, 무서워, 무서워, 무서워" 그녀의 목소리를 흉내 내면서. 사람들 모두 웃음을 터뜨렸다. 무섭다던 그녀가 가장 크게 웃었다.

"에이, 그렇게는 안 해요. 놀 땐 신나게 놀죠. 그렇게 춤추는 사람이 어디 있어요?"

"참 신기한 일이네요. 그렇게 무서운데 회사도 다니고, 놀 땐 신나게 즐길 수 있으니."

"그러게요. 진짜 신기하네요."

그녀는 웃음을 멈추지 못했다. 안경을 들썩이고 코를 찡긋거리면서.

생각은 자신과 주변을 둘러싼 모든 것에 색을 입힌다. 현실이야 어찌됐든, 결국 '어떻게 생각하느냐'에 따라 보고 느끼는 것이 달라진다. 빨간색 선글라스를 쓰면 세상이 온통 빨갛게 보이고, 파란색 선글라스를 쓰면 파랗게 보이는 것처럼. 그녀는 '무섭다'는 생각으로 세상을 바라봤기 때문에 열심히 일하고 신나게 춤을 추다가도 문득 두려움에 몸을 떨었던 것이다.

진행자가 이어서 말을 했다.

"스스로 만든 생각으로 자신을 괴롭히는 사람들이 많아요. 그걸 멈추는 것 역시 사랑이에요."

그 말을 들은 그녀는 엄지와 검지로 안경다리를 매만지면서 결연한 표정으로 말했다.

"그렇다면 더는 저를 괴롭히고 싶지 않네요. 무섭다는 생각이 들면 정신을 바짝 차리고서 '뭐가 무섭지? 정말 무서운 상황인가?' 하고 확인해 볼래요. 사실…… 여태껏 시도도 해보지 않았어요. 서둘러 다른 데로 주의를 돌렸거든요. TV를 본다거나, 약속을 잡아서 밖으로 나간다거나. 그래서 더 무서웠는지도 몰라요. 계속 도망만 쳤으니까요."

"자기 생각을 확인하는 건 중요해요. 생각이 막연할수록 두려움도 커지잖아요. 생각을 확인하는 습관을 들이면 '내가 왜 이런 걸로 두려워하고 있지?' 하면서 툭툭 털어버리는 날이 올 거예요."

그녀가 한결 가벼워진 표정으로 조용히 고개를 끄덕였다.

둘의 대화를 듣고 있던 나도 그날부터 생각을 확인하는 연습을 시작했다. 방법은 단순했다. 마음이 불편하거나, 덜컥 겁이 날 때 '지금 무엇을 느끼고, 무슨 생각을 하고 있지?' 하고 스스로 물어보는 것이다. 생각이 복잡해서 정리가 안 될 땐 노트에 적어보면서 확인했다. 그러면 '저 사람은 날 싫어해' '이건 죽었다 깨어나도 못할 거야' '나는 정말 한심해' 등등 듣기만 해도 힘이 쭉 빠지는 생각들이 내 안에서 쏟아져 나왔다.

그 생각들을 낱낱이 파헤쳐보면 '사실이 아닌 것을 사실처럼 믿고 있는 것'이 대부분이었다. 상대방의 마음을 내가 무슨 수로 알 수 있을까? "저를 싫어하세요?" 하고 직접 물어보기 전까지는 근거 없는 추측에 불과했다. 일의 가능성 역시 직접 해보지 않고는 모를 일 아닌가. 스스로 한심하게 생각하면서 일을 성공적으로 해내길 바라는 건 앞뒤가 맞지 않는 행동이었다. 비록 부족한 부분이 있더라도, 잘된 점에 초점을 맞추고 노력하는 게 훨씬 더 효율적이었다.

지금까지 스스로를 괴롭히는 생각들에 눈이 가려서, 아름다운 것을 보지 못하고, 빛나는 것의 소중함을 느끼지 못할 때도 많았을 것이다. 몸을 살뜰하게 돌보고 마음의 상처를 보듬는 것만이 사랑인 줄 알았다. 하지만 내가 어떤 생각을 품고 사는지 확인하고 조사하는 것도 자신을 자유롭게 해주는 사랑임을 알게 되었다.

## 그놈의 비교, 비교, 비교

그녀가 부러웠다. 윤이 나는 피부와 머리카락, 몸에 꼭 맞는 화사한 옷차림, 당당하게 말하는 모습…… 누가 봐도 '와, 진짜 매력 있다' 하고 느끼게 하는 사람이었다. 그녀가 입을 열면 모두가 귀를 기울였고, 다정한 매너가 몸에 밴 남편은 그녀를 늘 사랑스럽게 바라봤다. 그녀를 보고 있으면 내 모습이 한없이 초라하게 느껴졌다.

나를 초라하게 만드는 사람은 비단 그녀만이 아니었다. TV를 켜면 화려한 연예인이 등장하고, SNS는 행복한 사람들로 넘쳤다.

'도대체 이 잘나고 똑똑한 사람들은 어디서 쏟아져 나오는 걸까?

그리고 나는 왜 이 모양이지?' 생각이 생각의 꼬리를 물고 자신을 세상에서 가장 못난 사람으로 만들었다. 안 되겠어, 산책이라도 나가야지. 나는 자리를 털고 일어나 근처 공원으로 갔다. 야트막한 산을 깎아 만든 공원은 키 큰 나무들로 빽빽했고, 바람이 가지를 스칠 때마다 사그락 소리가 났다. 나는 천천히 오르막길을 걸으면서 뼛속 깊이 뿌리 내린 '비교'에 대해 생각했다.

나는 자기계발서들에서 가르치는 처세에 능한 사람도 아닌데다, 타고난 배경이 있는 것도 아니고, 내세울 만한 직업이나 능력도 없고, 나만 바라봐 주는 연인도 없었다. 이 모든 사실이 내가 부족한 이유로 귀결됐다. 그런데 나를 평가하는 그 잣대는 어디에서 온 걸까? 곰곰이 생각해 보니 그것들은 대개 세상에서 보고 들은 것뿐이었다. '그런데도 나를 세상에서 가장 못난 사람으로 만들었네. 진짜 내가 누군지도 모르면서' 그렇게 생각하는 순간, 작은 용기가 꿈틀거렸다.

'평생 부족한 사람으로 살 순 없잖아. 한 순간만이라도 나를 아무 조건 없이 인정해 주자. 부족한 모습까지 안아줄 거야' 하고 다짐한 것이다.

한 걸음 내딛을 때마다 사랑을 떠올렸다. 그러자 내 존재가 몸과 마음을 넘어서, 나뭇가지를 지나 하늘에 닿을 정도로 커지는 듯한 기분이 들었다. 똑같은 크기의 상자는 서로를 품을 수 없다. 큰 상자라야 작은 상자를 담을 수 있듯이 자신을 끌어안는 순간마다 나는 더 큰 존재가 되었다. 눈에 보이진 않았지만 분명코 일어난 일이었다. 자신보다 큰 존재가 되어 저 높은 곳에서 내려다보니 바꿀 것도 미워할 것도 없구나, 진심으로 그렇게 느꼈다.

하지만 단 한 번의 다짐으로 오래된 습관이 바뀔 리는 없었다. 그렇지만 다행스럽게도 기회는 매 순간 찾아왔다. '나는 왜 이렇게 부족할까……' 하고 생각하는 순간, 계속해서 부족한 사람을 자처할 수도 있었고, 자신을 품을 수 있을 만큼 커다란 존재가 되기를 선택할 수도 있었다.

나는 오랜 시간 부족한 사람으로 살아왔다. 그러니까 이제부터라도 '사랑'과 '이해'라는 새로운 선택을 하고 싶었다.

몇 번이고 다짐했다.

"나는 나를 사랑할 거야."

하지만 다음날 아침이 되면 '왜 이렇게 칠칠치 못해!' 하고 나를 쏘아붙였다. 티셔츠에 커피 몇 방울 흘렸다는 이유로…… 이렇게 사소한 일에도 자신을 비난하는 것 역시 오래된 습관이었다.

길에서 모르는 사람이 어깨를 툭 치고 지나가도 앞을 똑바로 보지 못한 내 탓이었다. 회사에서 일이 조금만 늦어지면 '이거밖에 안 돼? 더 서둘러야지?' 하며 자신을 꾸짖었다. '지금 버는 돈으로 어떻게 먹고살려고? 내 능력은 여기까진가 봐.' 날 선 비난이 꼬리에 꼬리를 물고 이어지는 날이면 몸도 마음도 녹초가 되었다.

한번은 이런 상상을 했다. 어떤 사람을 종일 쫓아다니면서 귓가에 대고 비난과 악담을 퍼부으면 어떤 일이 일어날까? 아마 하루도 못 참을걸. 경찰한테 신고할지도 몰라. 어찌됐든 그것은 남에게 해서는 안 될 행동이었다. 그리고 나에게도 해서는 안 되는 일이었다.

나는 내 안에서 들려오는 비난의 목소리에 귀를 바짝 갖다 댔다. 스스로를 상처 주는 수없이 많은 말들이 들려왔다. 지긋지긋하게 삶을 뒤흔드는 목소리, 자신을 실패자로 몰아붙이는 목소리…… 딱 일주일만이라도 목소리에 맞서 싸우고 싶었다. 내가 가진 무기는 '물음표'였다. 나는 비난보다 더 집요하게 물음표를 달기 시작했다.

'커피 몇 방울 흘린 게 날 미워할 일일까? 사소한 실수이고, 커피 자국은 지우면 그만이잖아. 행여 얼룩이 남더라도 세탁하면 깨끗이 사라질 텐데.'

'저 사람하고 부딪친 게 날 탓할 일이야? 복잡한 출근길에서 우연히 일어날 수 있는 일인데. 그럼, 길에 사람이 많은 것도 내 탓이겠네?'

'정말 내가 게으름을 피웠다고 생각하는 거야? 나는 살인적인 스케줄을 칼같이 지켰다고. 이건 칭찬받아 마땅한 일이야!'

물음표는 비난을 멈추게 했고, 상황을 새롭게 보게 했으며, 나 자

신을 돌아보게 했다. 그리고 대부분 뚜렷한 이유가 있지 않은, 오래된 습관일 뿐이라는 것도 곧 알아차렸다. 날마다 물음표를 촘촘하게 엮어 그물을 만들고, 일상 곳곳에 파고든 비난을 억척스러운 어부처럼 건져 올렸다. 하루가 끝날 무렵이면 만선이 되어 돌아왔고, 나는 정성을 들여서 그물에 걸린 비난들을 솎아냈다. 일주일이 지나자 나는 이 모든 과정까지도 사랑하게 됐다. 기꺼이 시간을 냈고, 정신을 집중했다. 나를 위해서라면 이 모든 노력이 아깝지 않았다.

우리는 마음속으로 자신과 수많은 말들을 주고받는다. 마치 또 한 명의 내가 있는 것처럼. 하지만 모두 의식하고 살면 피곤하니까 들어도 못 들은 척, 그렇게 사는 것 같다. 하지만 이 소리 없는 말들이 끼치는 영향은 매우 강력하다. 스스로 버려져도 되는 쓰레기 같은 존재로 몰아붙이는가 하면, 어떤 날에는 구름이라도 뚫고 올라갈 것처럼 치켜세운다. 자신에게 어떤 말을 하느냐에 따라 이렇게까지 달라질 수 있다니. '나'에게 조금 더 상냥하고 사려 깊게 말하는 사람이 되고 싶어졌다.

## 파혼하고 6개월 동안 한 번도 울지 않았다

나는 학교에서, 회사에서 할 말을 늘 미리 준비했다. 머리로 생각을 정리하고 나서 차분하게 말을 꺼냈다. 그래서인지 조리 있게 말을 잘한다는 얘기를 자주 들었다. 소모임에서도 예외 없이 할 말을 미리 생각해 두었다.

"얼마 전에 남자친구랑 헤어졌어요. 결혼도 취소됐고…… 그런데 헤어지길 잘한 것 같아요. 결혼했다면 더 힘들었겠죠. 지금은 내 맘대로 사진도 찍고, 동호회 활동도 하고 좋아요. 또 다른 인연을 만나겠죠. 여기서 자신을 사랑하는 방법을 많이 배워가면 좋겠어요."

특별히 흠잡을 데 없는 매끄러운 문장이 입에서 흘러나왔다. 자신의 파혼 이야기를 밝혔으니 솔직한 인상을 주었을 것이고, 스스로 잘 극복하고 있다는 긍정성도 엿보였을 것이다.

"유미 씨는 말을 참 잘하는 것 같아요."

소모임의 진행자가 말했다. 삼십대 후반의 그는 나이보다 젊어 보여서 반듯한 청년 같은 인상을 풍겼다.

나는 가볍게 목례를 했다.

"아, 감사합니다."

"그래서 정말 괜찮아요?"

그가 말했다.

"네?"

나는 질문의 뜻을 이해하지 못하고 되물었다.

"문제가 다 해결돼서, 이제 아무렇지도 않겠네요?"

그가 다시 한 번 천천히 말했다.

"글쎄요, 저는……"

방금 전까지 또렷한 목소리로 말하던 나는 말끝을 누그러뜨렸다. 머릿속이 복잡해졌다. 순서를 기다리고 있던 가지런한 문장들이 구겨지고 조각이 났다. 가벼운 모욕감을 느꼈다. 그의 예의 바른 미소가 비웃음은 아닐까 의심마저 들었다. 왜 바로 "네, 정말 괜찮아요" 하고 대답하지 못했을까? 바보같이. 쉬는 시간에 수다를 떨다가도 '지금이라도 아까 못한 대답을 해야겠어' 하고 입술을 달싹거렸지만, '괜찮다'는 말이 목에 걸려 소리를 낼 수 없었다. 집으로 돌아오는 내내 삼킬 수도 뱉을 수도 없는 말이 목젖을 울렸다. 집 앞에 도착했을 때는, 살짝 건드리기만 해도 쏟아질 것 같은 눈물이 맺혀 있었다. 그제야 깨달았다. 파혼하고 6개월 동안 한 번도 울지 않았다는 사실을.

파혼을 하고 나서 오히려 평소보다 더 활기차게 지냈다. '언제까지 비련의 여주인공으로 있을 수 없어' '내 미래를 스스로 선택한 거야. 잘했어' 이렇게 마음을 다잡았다. 다이어트도 독하게 했다. 그 사이 소개팅도 몇 번 받았다. DSLR 카메라도 새로 샀다. 동호회에 가입하고, 가을 출사도 다녀왔다. 물론 속이 상하기는 했지만 파혼이 흠이 되는 세상도 아니고, 까짓것 말하지 않으면 그만이라고 생각했다. 새로운 사람들과 어울리면서 안심했다. 봐봐. 다 괜찮아졌잖아. 그새 나는 괜찮은 척 연기의 달인이 돼 있었다. 주변에서도 걱정하지 않았다. 괜찮냐고 물어본 사람은 그가 처음이었다.

그날 밤, 나는 이불을 뒤집어쓰고 어딘가 고장 난 사람처럼 엉엉 울었다. 꽁꽁 감춰뒀던 상처들이 수면 위로 떠올랐다. 모두가 원망스러웠다. 그렇지만 가장 원망스러운 건 나 자신이었다. 그래서 아파할

자격도 없다고 생각했다. 결혼을 깬 되바라진 년, 사랑하는 사람의 손을 뿌리친 배신자, 구제받을 수 없는 결혼 실패자니까.

새벽까지 울다 지쳐서 거의 탈진 상태가 되었을 때, 두 개의 갈림길 앞에 섰다는 걸 깨달았다. 지금처럼 상처를 외면하고 자신을 원망하며 살 것인가, 아니면 다르게 해볼 것인가. 여태껏 상처를 피해 멀리 달아나는 데에만 골몰했다. 지금은 상처를 마주해야 하는 순간이란 생각이 들었다.

나는 빈 노트 한 권을 펼치고 첫 줄에 이렇게 적었다. "좋아, 다 얘기해 봐. 도망치지 않을게. 더 이상 모른 척하지 않을 거야." 그리고 마음 깊은 곳, 찢기고 헤진 그곳을 향해 뚜벅뚜벅 걸어 내려갔다. 아픔이 한 줄 한 줄 종이 위로 떠올랐다. 말할 수 없었던 슬픔과 차마 고백하지 못한 죄책감도 떠올랐다. 그렇게 노트 스무 페이지를 가득 채울 무렵, 떨리는 손으로 이렇게 꾹꾹 눌러 썼다.

"사랑받지 못할까봐 두려워……"

마음 깊숙이 숨겨왔던 두려움이 수면 위로 떠오르자 생각할 겨를도 없이 눈물이 흘렀다. 한 손으로 눈물을 훔치고, 또 다른 손으로 이렇게 대답했다.

"세상 사람 모두가 너를 미워한데도 나는 너를 사랑할 거야. 끝까지."

이날이 처음이었다. 진심이 담긴 사랑의 말을 나 자신에게 건넨 것이. 어느새 나는 나의 속 깊은 친구가 되어 있었다.

그날 이후로 더듬더듬 자신과 대화하는 시간이 늘어났다. 혼잣말이 쑥스러울 때는 노트를 펼쳤다. 연인과 속삭이는 사랑처럼 달콤하거나 회사에서 받는 인정처럼 드라마틱하진 않았지만, 매일 안부를 묻고, 하소연을 들어주고, 어깨를 토닥였다. 기쁜 날엔 같이 기뻐하고, 슬픈 날엔 같이 울어주고, 너무 분할 땐 베개를 팡팡 두드리면서 소리를 질렀다.

메마른 땅에 촉촉하게 물이 스며들듯이 목말랐던 마음이 사랑으로 서서히 채워졌다. 늘 사랑을 찾아 밖을 헤맸다. 이 사람이 나에게 사랑을 줄까, 아니면 저 사람이 나에게 사랑을 줄까 하고 두리번거렸지만 찾지 못했다.

그러나 사랑은 아주 가까이에 있었다. 거울에 비친 모습을 바라보는 내 눈길에, 한쪽 팔을 쓸어내리는 손길에, "유미야" 하고 나지막이 부르는 목소리에, 깊은 밤 날 위해 흘리는 눈물에 사랑이 있었다.

사랑은 언제나 내 안에 있었다.

## 매일 먹는 밥처럼, 꼬박꼬박 사랑하기

나에게 뭔가 좋은 걸 해주고 싶은 마음이 날로 커졌다. 하지만 정작 내가 뭘 좋아하는지 알지 못해서 곧 곤경에 처했다. 게다가 비난하고 질책하던 습관은 하루아침에 고치기 어려웠고, 스스로에게 베푸는 호의는 어색했다. 그래도 끊임없이 나를 위해서 할 수 있는 친절하고 좋은 일들을 고민하고 또 고민했다. "오늘은 나를 위해 어떤 일을 해줄까?" 이렇게 묻는 게 새로운 습관이 될 때까지.

그 무렵 나는 수첩을 꼭 들고 다녔다. 한 손에 쏙 들어오는 민트색 수첩은 어느 틈에 모서리가 닳고, 종이 끝자락이 나풀거렸다. 책에서 좋은 글귀를 발견하거나, 다른 사람의 경험담을 듣고 나서 '나에게도 꼭 해줘야지' 하는 일들을 그 수첩에 빼곡히 메모했다. 그리고 수시로 펼쳐보면서 나를 위해 할 일을 찾았다. '자기 사랑을 위한 To do list'였던 셈이다.

혼자 영화 보기.

하루에 한 번씩 칭찬해 주기.

내가 좋아하는 옷 쇼핑하기.

눈치 보지 않고 혼자 밥 사 먹기.

자책하기 전에 왜 그랬는지 먼저 헤아려주기.

친구 만나서 폭풍 수다 떨기.

열 받는 날 주먹으로 베개 실컷 때리기.

수고했다고 진심으로 말해주기.

엄마가 화낼 때 무조건 내 편 들어주기.

미친 척하고 번지 점프하기.

기분 나쁘다고 말로 표현하기.

아무 생각 하지 않고 하루 동안 푹 쉬기.

진짜 진짜 맛있는 거 사 먹기.

속상했던 얘기 스스로 들어주기.

싫어요, 하고 부탁 거절하기.

나한테 보내는 편지 쓰기.

미운 사람 시원하게 욕하기.

내면 아이 꼬옥 안아주기.

어떤 일은 처음이라 어색했고, 또 어떤 일은 용기가 필요했다. 높이가 50미터나 되는 점프대 위에 섰을 땐 몇 번이나 뒷걸음질 쳤다. 하지만 나에게 꼭 보여주고 싶었다, 용감하고 굳건한 모습을. 짧은 모험이었지만 '나는 나약하고 소심하다'는 생각을 깨기에 충분한 경험이었다. 처음으로 작정하고 나를 칭찬하던 날에는 닭살이 돋고 손발이 오글거렸다. 하지만 하면 할수록 기분이 좋아졌다. 배터리가 빵빵하게 충전되는 기분이랄까? 나중에는 아예 '칭찬 노트'를 만들고 하루 한 바닥씩 칭찬으로 가득 채웠다.

작고 낡은 수첩은 내가 나를 사랑한다는 증거이자 역사가 되었다. 한 줄 한 줄 읽어 내려갈 때마다 사진처럼 그때의 장면들이 떠올랐다. 오롯이 나에게 집중했던 시간, 스스로 사랑할 수 있으리란 기대에 설렜던 순간, 소박해서 눈에 띄지 않았던 매일매일의 자취들. 평범한 일상의 언어부터 애정이 가득 담긴 행동까지…… 하나씩 나열하고 나면 내가 정말이지 소중한 사람이 된 것 같았다.

# 나를 사랑하는 게 이기적인가요?

첫 책을 출간하고, 바지런한 마케터 손에 이끌려 몇몇 매체와 인터뷰를 했다. 내가 쓴 책에 관해 묻고 답하는 인터뷰는 설레는 경험이었다. 특히 인터뷰어가 말끝마다 붙여주는 '작가님'이란 호칭은 꿀이라도 발라놓은 것처럼 달팽이관을 타고 미끄러져 들어왔다. 하지만 모든 인터뷰가 달콤한 것은 아니었다.

그는 깔끔하게 넘긴 머리카락, 잘 다려 입은 셔츠, 꼼꼼하게 정리된 다이어리에, 무척 열심히 일하는 사람이겠지 싶은 반듯하고 사무적인 인상을 풍겼다. 주로 경제경영서와 자기계발서의 리뷰를 쓰는 블로거였는데, 나는 그를 본 순간 '이 사람 블로그에 내 인터뷰가 실리면 좀 어색하겠어' 하고 생각했다.

잔뜩 긴장해서 이것저것 챙기다 보니 약속한 시각에 10분 정도 늦었다. 미리 늦는다고 연락을 하고 "늦어서 죄송해요" 하며 자리에 앉았다. 장소는 따듯한 원목으로 둘러싸인 아담한 카페였는데 묘하게도 그를 둘러싼 공기만 차갑게 느껴졌다. 그는 첫 질문으로 자기 사랑의 의미와 방법에 대해 물었다.

"자기 사랑은 말 그대로 나를 사랑하는 마음이에요. 오늘 인터뷰를 앞두고 이것저것 챙기다 보니 출발이 조금 늦었는데, 여기까지 오는 내내 불안하고 걱정되더라고요. 그 순간 자책하지 않고, 조바심치는 마음을 다독여주는 것도 자기 사랑의 한 가지 방법이라고 생각해요. 그래야 약속한 인터뷰도 잘해낼 수 있을 테고요."

대답이 끝나기도 전에 그의 얼굴이 굳어졌다. 나는 '자기 사랑'이라는 단어를 현실에 녹여내고 싶었고, 인터뷰하러 오는 길에 겪은 따끈따끈한 일을 예로 들었을 뿐이다. 하지만 이 말이 그 안의 무언가를 건드린 게 분명했다.

그가 불쑥 자신의 이야기를 꺼냈다.

"작년에 일본에 쓰나미가 들이닥쳤을 때 피해 복구를 도우러 갔어요. 자비를 털어 일본까지 간 거죠. 그 뒤로도 여러 번 찾아가 힘을 보탰고요. 이렇게 타인을 향한 사랑, 그러니까 전체를 위한 사랑도 중요하지 않을까요?"

뭔가 묘하게 어긋난다 싶은 말들이 계속되었다. 요약하자면 사람들 모두가 자신을 사랑하는 데만 심취하면 주변에 도움이 필요한 상황이나 사람들을 나 몰라라 할 것이 아니냐, 그런 말이었다. 이후로 여러 질문과 대답이 오고갔지만 나는 그의 오해를 풀지 못했고, 그는 자기 사랑을 '이타심의 반대어'이자 '이기심의 유사어'로 분류한 듯했다. 덜 익은 감이라도 한 입 크게 베어 문 것처럼 곱씹을수록 떨떠름한 인터뷰였다.

자기 사랑은 어려운 단어가 아니다. 책하고는 담을 쌓고 사는 동생도 "그러니까, 나한테 잘해주란 얘기지?" 하고 한 번에 알아들었을 정도니까. 이 단어가 지닌 진짜 어려움은 이제껏 경험하지 못했던 생소한 방향성에서 오는 것 같다. 사랑은 '남'을 향하면 숭고하고 아름답지만, '나'를 향하면 너만 소중하냐? 이기적이다. 자기만 잘난 줄 알아…… 쉽게 다른 의미로 변질된다. 남을 먼저 배려해야 한다, 모름지기 겸손해야 한다는 뼈에 각인된 유교적 가르침은 솔직히 넘기 힘든 장애물이다.

하지만 다시 생각해 보면 가족, 연인, 친구, 더 나아가 인류를 향한 사랑과 스스로를 향한 사랑은 다르지 않다. 소중하게 대하고, 귀하게 여기며, 돕고 싶은 마음, 이 아름다운 미덕은 모든 사랑 속에 변함없이 작용하니까.

# 하얗고 보드라운 비누 하나면 충분해

"저요? 요즘 잘 지내요."

지나가는 말로 건넨 안부 인사에 선선히 웃으면서 대답하는 나 자신을 보고 놀랐다. 긴 겨울이 가고 봄이 왔구나, 생각했다. 나 자신과 부쩍 가까워져서 혼자 영화를 보러 가는가 하면, 훌쩍 여행을 떠나기도 했다. 해묵은 오해와 미움을 훌훌 던져버리고 나니, 진심으로 자신의 행복을 환영하게 되었다.

햇볕 따듯하고 봄바람 살랑대는 나른한 오후, 책을 읽기도 하고 졸기도 하면서 의자에 앉아 있었다. 스트레스와 불만에 치여 살던 때가 언제였더라, 지난겨울처럼 까마득하게 느껴졌다. 무심코 책장

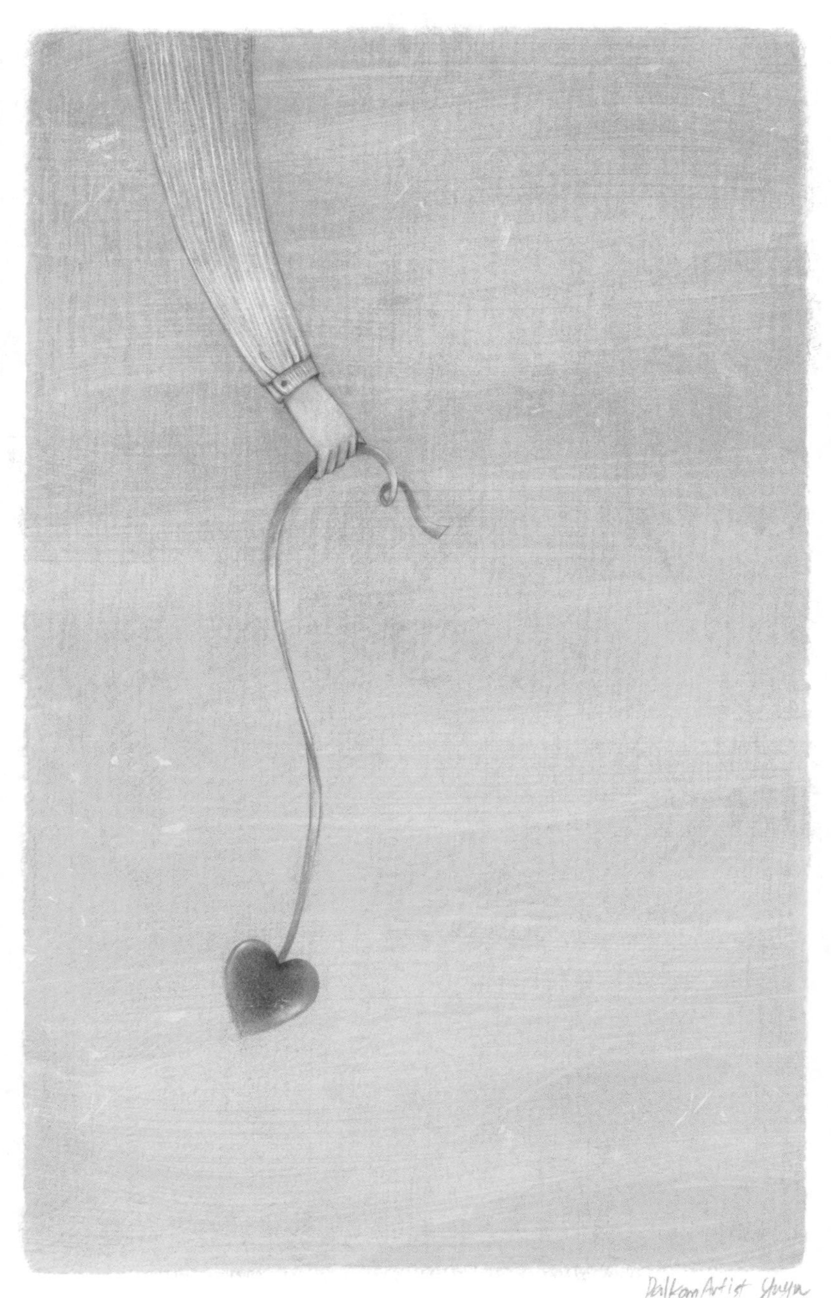

을 넘기다 유독 눈길이 머문 문장이 있었다. 나는 그 문장이 날아가 버릴까봐 서둘러서 수첩에 옮겨 적었다.

> 먼저 당신이 진정 원하는 것에 대해 생각해 보세요. 무엇을 할 때 가슴이 뛰고 기분이 좋아지는지, 마음이 설레고 자부심이 느껴지는지, 무엇을 계속해서 하고 싶은지, 당신 자신에게 솔직하게 물어보고 또 물어보세요.
>
> —《3분 시크릿》 중에서

어떤 말은 뇌를 자극하지만, 어떤 말은 마음 깊숙한 곳에 흔적을 남긴다. 그 흔적을 따라가다 보면 반드시 깨달아야 하는 무엇과 마주치게 마련이다. 논리적으로 설명할 길은 없지만, 나는 그 글귀를 무의식 저 밑바닥에서부터 진실로 받아들이고 있었다.

"내가 진짜로 원하는 게 뭐지?" 이 질문은 그때부터 시도 때도 없이 내 뒤를 졸졸 따라다녔다. 점심 메뉴를 고를 때, 옷을 갈아입을 때, 심지어 마트에서 장을 볼 때도 질문이 떠올라서 아무거나 먹고 입을 수가 없었다. 심지어 비누 하나를 고를 때조차 십여 분이 걸리기도 했다. 마음에 쏙 드는 향과 빛깔의 비누를 찾을 때까지.

집으로 돌아와 비누를 미온수에 적셨다. 손끝에 몽글몽글한 거품이 맺히자 베이비파우더 향이 욕실을 가득 채웠다. 좋아하는 향을 맡으니까 하루의 피곤이 싹 풀리는 것 같았다. 흐르는 물에 손을 꼼꼼하게 씻어내면서 문득 깨달았다.

'그렇구나, 나를 기쁘게 해주려고 애쓴 거였어. 내가 나를 아끼고 사랑해 주니까 이렇게 기분 좋게 씻을 수 있는 거야.'

전에 없던 질문들이 계속 떠올라서 성가시고 귀찮기도 했지만, 돌아보니 아주 사소한 것부터 성실하게 내 마음을 헤아리는 과정이었던 것이다.

나는 그동안 나를 아끼고 사랑하는 일이 남부끄러운 이기심이나 깊은 영적 차원의 변화 또는 전문가의 도움이 필요한 일이라고 지레짐작했었다. 어느 쪽이 되었든 지극히 평범하게 살아온 나로서는 도달하기 어려운 영역 같았다. 하지만 조금씩 경험해 보니 남녀 간의 연애나 막역한 친구와의 우정, 그것과 별반 다르지 않았다.

서로에게 호감을 느끼고 상대방에 대해 더 많은 것을 알고 싶어지는 것, 세심하게 배려해 주고 싶고 원하는 것을 선물해 주고 싶은 마음, 때때로 내 마음을 알아주지 못해 야속하고, 더 가까이 다가

가고 싶지만 아직은 낯설어서 주변을 서성거리게 되는 것까지. 좋아하니까 내가 가진 것 중에 가장 좋은 걸 주고 싶은 마음도, 어떤 행동을 하건 진심을 의심하지 않는 믿음도, 속 깊은 친구가 되어주는 것과 같았다. 하루 종일 자신에게 "사랑해. 사랑해. 정말 사랑해" 하고 낯 뜨겁게 고백을 퍼부어야 하는 것도 아니었다. 지금 나에게 필요한 것이 무엇인지 관심을 갖는 것, 평소에 늘 하던 일에 조금 더 정성을 보태는 것에 다름 아니었다.

손에 쏙 들어오는 작고 보드라운 비누를 보면서 생각했다. 나를 행복하게 해주는 데 딱 이만큼의 관심과 사랑이면 충분하다고.

# 4

# 자급자족의 기술

:

# 나 하나로 충분한 자급자족 라이프

## 회사가 아닌, 나를 위해 살기로 했다

"까라면 까야지, 응?"

월요일 아침 회의실은 흡사 단체로 벌을 세우는 교실 같았다. 또각또각, 팀장은 신경질적인 구둣발 소리를 내며 분위기를 짓눌렀다. 나를 포함한 팀원 아홉 명의 이름을 차례대로 호명하고 모두가 보는 앞에서 한 마디씩 따끔하게 지적을 했다.

정시 퇴근은 염치없는 일이 돼버렸고 야근은 필수인데다 주말 출근쯤 대수롭지 않은 회사. 하지만 근무외 수당은 없고, 스케줄이 촉박하다고 불평하면 바로 하극상이 되어버리는 분위기. 새로운 직원이 와도 짧으면 1개월, 길어야 3개월, 대부분 버티지 못하고 회사를 관뒀다. 사람이 자주 바뀌다 보니 누가 오고 가는지 무관심해졌고, 환영 회식과 송별 회식은 생략된 지 오래였다. 나는 그곳에서 3년을 버텼고, 대리로 승진했다. 월급은 그대로이고 책임만 늘어난 말뿐인 승진이었다.

나를 사랑하겠다던 굳은 결심은 회사에서만큼은 예외였다. 애초에 나를 위한 장소가 아니었으므로 내 영혼의 요구 같은 건 포기했다. 그곳에서 나는 욕을 덜 먹으려고 눈치 보는 월급쟁이일 뿐이었다. 내가 다녔던 회사는 디자인 템플릿, 사진, 일러스트 등의 라이선스를 판매하는 곳이었는데, 마치 공장처럼 콘텐츠를 찍어냈다. 일러스트 주제와 스타일은 대부분 팀장의 손에서 결정됐고, 내 의견은 묵살되기 일쑤였다.

매일 그림을 그렸지만, 그것들은 마치 먹을 수 없는 차갑고 딱딱한 음식 모형 같았고, 그래서 부끄러웠다. 그럴수록 스스로 원하는 걸 이뤄주고픈 바람은 높은 탑이 되어 어디서 무얼 하든 선명하게 보였다. 내가 원하는 건 '나'를 위해 일하는 것이었다.

결국 사표를 쓰는 날이 왔다. A4 종이 위에 반듯하게 인쇄된 사표 양식을 두고 한참을 고민했다. 퇴직 사유에 뭐라고 적을까? 마음 같아선 팀장 욕 한 바가지 쓰고, 쥐꼬리만 한 월급에 분노하고,

매사에 속을 뒤집어놨던 후배 지적질로 마무리하고 싶었지만, 고심 끝에 한 단어로 퇴직서를 마무리했다.

'개인 사유.'

아무리 생각해도 이보다 적합한 표현은 없었다. 나에게 사표란 회사를 위해 살지 않고 '나'를 위해 살겠다는 선택이었으니까.

프리랜서가 되고 나선 피곤할 정도로 내가 하는 일에 대해 가치를 캐물었다. "그래서 얼마나 벌었어?"보다 "그래서 어떤 의미가 있는데?" 이 질문이 나에겐 더 중요했다. 일러스트 수업을 처음 시작할 때도 묻고 또 물었다. "이 강의는 어떤 가치가 있을까?" 그림을 좋아하는 사람들이 꿈을 이룰 수 있도록 돕는 일, 이것이 내가 찾은 가치였다. 그림을 그리거나 글을 쓸 때도 의미를 찾았다. 그림 한 장, 글 한 줄만 가지고 당장 어떤 결과를 기대할 수 없다. 긴 호흡으로 쌓고 또 쌓아가야 한다. 이 과정을 견딜 수 있었던 건 지금 하는 일의 가치를 알고 있었기 때문이다.

당신에게도 기회가 주어진다면 해보고 싶은 일이 있을 것이다. 나는 분명히 그 일이 당신에게 어떤 가치를 선물해 주리라고 믿는다. 나에게 가치란 일을 가능하게 하는 강력한 원동력이었다. 백분

율로 환산된 성공의 가능성이나 뉴스에서 알려주는 유망 직종은 중요하지 않았다. 내일이면 또 다른 이슈가 떠오를 테니…… 모든 사람에게 동의를 구할 필요도 없었고, 남들이 말하는 커다란 성공에 부풀지도 않았다. 사람들의 인정을 받으면 물론 좋겠지만, 그렇지 않아도 괜찮았다. 의미가 있다면 그것으로 충분했고, 그렇게 일할 수 있다는 것 자체가 내게는 성공이었으니까.

## 절대로 굶기진 않을게!

"프리랜서는 회사 같은 조직이 아니니까 좀 불안하지 않아요? 클라이언트를 혼자 상대해야 하고요. 도움을 받을 수 있는 모임이 없을까요?"

일러스트레이터가 되고 싶어서 내 수업을 찾아온 그가 근심 어린 표정으로 물어봤다. 나는 에둘러 대답했다.

"어…… 찾아보면 일러스트 동호회가 있을 거예요."

그의 표정을 보니 궁금증이 해소된 것 같지 않았다. 하지만 그것이 나에게는 최선의 답변이었다. 내가 프리랜서로 첫발을 내디딜 때 아무것도 준비된 게 없었기 때문이다. 비빌 만한 인맥도 조언을 해줄 멘토도 없었다. 정말 대책 없는 인간, 그게 바로 나였다.

프리랜서가 된 다음해에 책을 출간하기도 했지만 인세로 생활비를 충당하기에는 한참 모자랐다. 게다가 덜컥 합격한 대학원은 한 학기 등록금만 500만 원을 웃돌았다. 프리랜서로 나선 지 석 달 만에 따낸 일거리는 홍보용 웹툰이었는데, 일주일에 한 편씩 그리고 20만 원을 받았다. 당시 생활비를 아끼고 아껴서 작업 공간을 구했는데, 홍대 인근에 이렇게 적막한 곳이 있을까 싶은 곳이었다. 쨍쨍한 한낮의 햇볕도 흔적 없이 사라지고 마는 콘크리트 계단을 따라 내려가면 검은색 철문이 보였다. 띠띠띠 번호키를 누르고 들어가면 마치 밀실에 발을 들이는 기분이었다. 50평 남짓한 지하실의 3분의 1은 건축 사무실이었다. 나머지 공간은 효율적으로 쪼개서 10여 개의 책상이 배치되어 있었다. 그 공간의 주인은 책상마다 가격을 매겨 다달이 돈을 받았는데, 그 가운데 하나가 내 생애 첫 작업 공간이었다.

그곳에서 나는 태어나 가장 추하게 울었다. 눈물 콧물로 얼굴이 범벅인데도 손으로 닦아낼 기운조차 없었다. 대학원 과제도 해야 하는데 웹툰 마감이 당장 내일이네. 생활비는 빠듯하고, 미래는 캄캄하고. 울음이 뱃속부터 끓어올라 허리가 안으로 굽혀졌다. 나는 냉엄한 현실과 무거운 책임감을 피해 지구 끝까지라도 달아나고 싶은 심정이었다. 그러다가 간신히 떠올린 사실 하나. 나는 결코 혼자가 아니라는 것.

"이봐, 너한테는 내가 있잖아. 벌써 까먹었어?" 나에게 그렇게 말하는 순간, 마치 〈드래곤볼〉에 나오는 각성한 초사이언처럼 굽었던 허리가 펴지고 고개가 곧게 섰다. 그리고 이어지는 결연한 다짐.

"절대, 절대로! 굶기진 않을게!"

당장이라도 굶어죽을 것처럼 내일이 두려웠는데, 나에게 들려준 그 약속이 내 숨통을 틔워주었다. 회사로 다시 돌아가지 않아도 돼. 하고 싶은 일이 많잖아. 계속해. 멈추지 마. 어떻게든 버틸 테니까. 가장 추하게 울던 날, 나는 세상에서 가장 든든한 내 자신을 만났다. 만약에 부모님이 똑같이 얘기를 했다면 어땠을까? 고맙긴 하지만 사정 빤히 아는데 미안함을 떨칠 길이 없었겠지. 나한테 홀딱 빠진 연인이 얘기했더라면 얼마간 기분은 좋았을 거야. 하지만 사랑의 유통 기한이 끝나버릴까봐 노심초사하지 않았을까? 그런데 내가 던진 약속은 한 치의 의심도 없이 덥석 붙들 수 있었다. 나를 믿었기 때문이다. 그 믿음은 '하면 된다'는 식의 대책 없는 긍정이 아니었다. '그래, 너는 반드시 해낼 거야!' 하는 부담스러운 응원도 아니었다. 내가 간절히 바라는 것을 변함없이 지지해 주리라는 안도, 어떤 경우에도 자신을 포기하지 않으리라는 신뢰였다. 흔들림 없는 믿음을 확인하고 나자 비로소 울음이 멈춰졌다.

나는 틈만 나면 주문을 외듯이 중얼거렸다. "나에게는 내가 있다. 나에게는 내가 있다. 나에게는 내가 있다." 그러면 신기하게도 마음이 곧 가라앉았고, 지금 하는 일에 집중할 수 있었다. 나는 웹툰을 연재하는 동안 마감을 착실하게 지켰다. 대학원 학점은 대부분 A를 웃돌았고, 작업실도 볕이 잘 드는 쾌적한 곳으로 옮겼다. 나를 향한 믿음이 프리랜서로서 자리를 잡을 때까지 불안정한 시기를 견딜 수 있게 해주었다. 말 그대로 스스로 비빌 언덕이 된 것이다.

누구나 도움이 필요한 순간이 있다. 때마침 도와줄 사람이 나타나면 좋겠지만, 그렇지 않을 수도 있다. 만약에 도와줄 사람이 아무도 없다면 드디어 스스로 자신을 도울 차례가 온 것이다. 나는 누구나 자신에게 든든한 비빌 언덕이 될 수 있다고 생각한다. 왜냐하면 그것은 특별한 자격이 필요하지 않기 때문이다. 끝까지 내 편이 되겠다는 약속, 이것 하나면 충분하다.

## 내가 누군지 알아야만, 나답게 살 수 있다

사람을 만날 때마다 어떤 얼굴을 하면 좋을지 생각했다. 그 사람이 원하는 걸 관찰하고 거기에 맞춰 나의 표정과 제스처, 그리고 목소리…… 그 전부를 세심하게 조율했다. 좋은 사람이라는 인상을 주는 얼굴을 만드는 건 상당한 노력이 필요한 일이다. 엄마가 불같이 화를 내면 착하고 이해심 많은 얼굴을 하고 엄마의 기분을 풀어주는 데 최적화된 상냥한 말씨를 썼다. 직장에서도 별반 다르지 않았다. 아니꼬운 상사의 부름에도 만들어진 미소를 지으며 명랑하게 대답했다. 심지어 이별 앞에서도 긍정과 희망을 얼굴에 펴 발랐다.

많은 사람들이 자기 자신으로 살고 싶다고 말하면서도, 정작 자신이 어떤 사람인지는 잘 알지 못한다. 자신에 대해 어렴풋이 떠오르는 이미지는 남들의 시선과 평가의 조합일 수 있다. 나는 "넌 참 속 깊고 어른스러운 아이야"라는 말을 듣고 자랐다. 억울한 일을 당해도 참았고, 지루한 이야기도 최선을 다해 경청했다. 집에 돌아오면 녹초가 되어버렸지만 다른 길이 없었다. 나는 속 깊고 이해심 많은 사람이어야만 했으니까.

언젠가 짧지만 선명한 꿈을 꿨다. 친구랑 여행을 갔는데 다툼이 생겼고, 평소와 다르게 언성을 높여 화를 냈다. 친구는 그때까지도 내가 화내는 걸 본 적이 없었다. 늘 배려하는 모습만 보여줬으니까. 그러자 친구가 주변 사람들을 붙잡고 나에게 손가락질을 했다.

"여태 날 속인 거야? 이게 네 진짜 모습이냐고!"

나는 의외로 덤덤하게 친구를 똑바로 쳐다보며 대꾸했다.

"그동안 너한테 맞춰준 거야. 그런데 이렇게 화내는 것도 나야. 내가 가진 모습 가운데 하나일 뿐이라고."

아침에 눈을 뜨니 속이 다 개운했다. 꽉 막혀 있던 가슴이 서릿발 같은 물길에 씻겨 내려간 것 같았다. 가장 두려워하던 상황을 꿈에서 만났고, 미처 알지 못했던 사실을 깨달았다. '상냥하거나 화를 내거나 모두 나의 일부분일 뿐이다. 애써서 감추거나 포장할 필요

DalKom Artist Yuyu

가 없다. 어떤 모습이든 당당하게 표현해도 괜찮다.'

나는 용기를 냈다, 더욱 나답게 살기로. 그러자 예전엔 미처 몰랐던 면면들이 밖으로 드러나기 시작했다. 소심한 줄 알았는데 알고 보니 컴플레인의 귀재였다. 불편 사항을 요목조목 얘기하는 데 망설임이 없었다. 듣기 싫은 대화는 칼같이 거절할 줄도 알았다. 몸에 맞지 않는 억지 친절은 자제하고, 이해심 많은 척 오지랖을 피우는 일도 줄어들었다. 점점 더 까칠한데다 예민한 모습이 드러났다. '나'라고 믿어온 이미지와 어긋나는 모습에 놀라지 않았다면 거짓말이다. 하지만 기뻤다. 날것의 나를 발견할수록 가볍고 자유로워졌으니까.

누구에게나 사회적 가면은 필요하다. 언젠가 친구한테 이런 우스갯소리를 했었다. "모든 사람한테 솔직하면 그게 정상이야? 미친 년이지!" 맞다, 모두에게 솔직할 필요는 없다. 하지만 단 한 사람, 자신에게만큼은 솔직한 모습을 보여줘야 한다. 내가 누군지 알아야만 나답게 살 수 있으니까.

## 세상의 잣대를 내려놓고 바라보면 모든 것이 특별했다

동해의 해풍에 말린 황태, 서해의 진득한 갯벌에서 캐낸 조개, 태백산 자락에서 단단하게 여문 고랭지 배추…… 하나같이 각 지역의 풍토와 지형, 기후 등이 어우러져 만들어진 독특한 지역 특산물이다. 각자 다르게 태어난 우리들도 고유한 풍토와 지형을 지니고 있다. 하지만 나는 몇십 년에 걸쳐 바다를 메우고 산을 깎아 만든 흔하디흔한 평지 같은 존재였다. 스스로도 "나는 정말 평범한데"라고 할 만큼. 모나거나 튀지 않기 위해서 스스로를 감추고, 덧씌우고, 깎아내렸다. 외부의 평가와 시선이 두려웠으므로.

그런 나에겐 홀로 있는 시간, 그 자체가 치유였다. 억지로 덧씌운 것들이 하나둘 벗겨져나갔고, 깎여나간 자리에 새살이 돋았다. 남들과 조금 다르면 어때서? 이게 나인걸. 반드시 멋지고 잘나야만 하는 건 아니야. 그렇게 자신을 다독이며 응원하길 수백 번, 수천 번…… 그저 평지인 줄 알았던 곳에 골짜기가 생기고 산이 솟았다.

나는 섣부른 간섭을 싫어하고, 관계를 맺고 끊는 게 확실하다. 사람 여럿을 사귀는 것보다 마음 통하는 친구 한두 명을 곁에 두길 좋아한다. 꽂히는 주제가 있으면 열 권이고 스무 권이고 책을 사서 책장을 채운다. 생각의 결이 섬세하다. '피곤하게 사는 인간'이란 손가락질이 싫어서 둥글둥글해지려고 노력했지만, 지금은 세세한 부분까지 즐겁게 파고든다. 이런 소소한 발견들이 모이고 또 모여서 '나'라는 고유한 지형을 이뤘다. '아름답거나 추하거나' '착하거나 나쁘거나' '맞거나 틀리거나' 하는 세상의 잣대를 내려놓고 바라보면 이 모든 것들이 다 특별했다.

프리랜서 8년 차라는 질긴 생명력은 이 특별함에서 나왔다. 어떤 기관에 소속되지 않고, 일러스트 강좌를 직접 만들어 운영할 때 자립심은 빛을 발했다. 그뿐인가. 책을 읽을수록 책을 쓰고 싶은 영감이 구체적으로 떠올랐고, 자연스럽게 주제를 고민하면서 토막토막 글을 쓰게 되었다. 섬세한 감정을 종이 위에 펼치면 그림이 되었다. 머리카락 한 올, 옷 주름 하나도 놓치지 않고 그릴 수 있는 건 타고난 꼼꼼함 덕분이었다.

그렇지만 스스로 인정하기 전까지 나는 열등한 존재였다. "저 사람처럼 되고 싶은데." "나는 왜 다를까?" "역시 내가 이상한 거야." 남들과 다르다는 사실은 그 자체로 잘못이었다. 비교와 평가 속에서 어른이 된 결과였다.

나는 이것에 반기를 드는 아주 속 시원한 단어를 하나 알고 있다. 이름하여 '탈색주의'! 어느 철학자가 고안한 개념 같지만, 어느 모임에서 어쩌다 실수로 튀어나온 단어다. 그런데도 듣자마자 나는 바로 고개를 끄덕였다. "음! 음! 음!" 연신 감탄하면서. 그 자리에 있던 예닐곱 명의 다른 사람들도 똑같이 반응했다. 우리는 모임의 목적도 잊은 채 썰을 풀었다.

"탈색주의라니, 새로운데요."

"그러니까 물을 쫙쫙 빼라는 거죠?"

"맞아, 맞아. 너무 질펀하게 물들었잖아. 못써, 못써."

"말도 마. 내가 원래 무슨 색이었는지 이제는 기억도 안 나."

역시 모두 느끼고 있었구나, 세상에 길드는 동안 꾸역꾸역 물이 들고 있었다는 걸. '깨끗하게 탈색하고 나면 어떤 모습이 드러날

DalkomArtist Yuya

까?' 그 자리에 모인 사람들의 얼굴을 번갈아 보면서 재미있는 상상을 했다.

요즘도 혼자 있으면 맑은 물에 염료가 희석되듯이 세포 구석구석 스며든 얼룩이 빠져나가는 게 느껴진다. 그리고 남는 건 있는 그대로의 모습, 더하거나 뺄 것 없는 특별한 모습이다.

# 일이 먼저야, 내가 먼저야?

프리랜서 생활 4년 만에 개인 작업실을 꾸렸다. 신도림역이 내려다보이는 전망 좋은 오피스텔이었다. 작가라는 타이틀이 더는 어색하지 않을 만큼의 시간도 흘렀고, 감당하기 어려울 만큼 많은 사람들이 내 일러스트 수업을 찾아왔다. 내면의 목소리에 귀를 기울이며 살고자 노력한 결과였다.

하지만 작업실을 유지하고 수업을 운영하기 위해서는 생각보다 큰 비용과 책임이 따랐다. 나는 "물 들어올 때 노 젓는다"는 말처럼 기회가 닿는 대로 많은 일을 벌였다. 평일에는 의뢰받은 일러스트를 그리고, 주말에는 수업을 했다. 휴일도 없이 바쁘게 일했지만 불만은 없었다. 의당 치러야 하는 대가라고 생각했으니까.

일러스트 작업과 수업을 정신없이 소화하고 있을 때, 나의 첫 책 《소심토끼 유유의 내면노트》를 함께 만들었던 편집자에게 연락이 왔다. 대화는 자연스럽게 새 책을 준비해 보자는 이야기로 흘러갔고, 며칠 뒤 이메일로 계약서가 도착했다. 작가 이력에 책 한 권을 더할 기회가 온 것이다. 쓰고 싶었다. 미치도록 쓰고 싶었다. 하지만 계약서 검토를 핑계삼아 차일피일 회신을 미뤘다. 심지어 편집자로부터 걸려온 전화를 피하는 상황까지 되자 인정할 수밖에 없었다. 밤낮을 가리지 않고 일하는 사이에 몸은 말할 것도 없고 영혼까지 번 아웃되었다는 걸. 결국 편집자에게 전화를 걸어서 고백해야만 했다. 지금은 글을 쓸 수 없다고……

그때까지만 해도 의지만 있으면 못할 일이 없다고 생각했다. 프리랜서가 된 후부터 '나'라는 든든한 파트너가 늘 함께였으니까. 그런데 그토록 헌신적이고 성실했던 파트너가 일을 할 수 없다고 선언하다니, 적잖은 충격이었다. 의욕이 고갈된 상태에서 할 수 있는 일이라고는 다시 내면에 집중하는 것뿐이었다.

"잠깐 멈춰야겠어. 혼자 쉴 시간이 필요해."

내면의 목소리를 듣는 데는 오랜 시간이 걸리지 않았다. 그만큼 휴식이 간절했던 것이다. 나는 저항 없이 내면의 목소리를 따라 일을 조금씩 내려놓았다. 우선 하반기에 계획했던 일들을 하나씩 취소했다. 많은 사람에게 양해를 구해야 했지만, 영혼의 소생을 위해 용기를 냈다. 그리고 작업실도 정리했다. 하나둘씩 사 모았던 집기들은 중고로 내놓거나 기부했다. 6개월 만에 작업실을 닫았으니 비용만 따지고 보면 분명 손해였다. 휴식 없이 앞만 보고 달린 대가가 무엇인지 톡톡히 치른 셈이다.

작업실을 정리하고 그해 겨울 일산으로 이사를 했다. 도심 한가운데 있던 이전 작업실과 달리, 조용하고 한적한 주택가였다. 항시 수강생을 위해 열려 있던 신도림 작업실과는 다르게, 나는 이곳에서 안전하고 아늑한 둥지를 튼 새가 된 기분을 느꼈다. 일하는 방식에도 변화가 생겼다. 지나치게 빠른 마감을 요구하는 일은 보수와 상관없이 반려하기도 하고, 일러스트 수업도 일주일에 하루나 이틀로 줄였다. 한 과정의 수업이 끝나면 최소한 2~3개월 동안 휴지기를 갖고 다음 수업을 준비했다. 그러면서 새로운 습관이 생겼다. 불나방이 돼서 일을 향해 달려들 때, 잠시 멈춰서 이렇게 질문하는 것이다. "일이 먼저야, 내가 먼저야?" 대답은 언제나 "내가 먼저"였다.

아이러니하게도 나를 위한 일에 몰두할 때, 나는 자신을 혹독하게 몰아붙였다. '열심히 사는 게 어때서?' '바쁘게 사는 건 좋은 거잖아!' 하고 생각했을 뿐 문제가 되리라고 생각하지는 않았다. 게다가 좋아하는 일을 하고 있다는 사실이 모든 것을 합리화시켰다. 하지만 나를 위한 삶이란 '스스로를 아끼고 소중히 여기는 마음'이 바탕이 돼야 비로소 완성되는 것이었다.

자신을 위해 살기로 결심했다면 목표를 맹목적으로 좇기보다는 과정에 집중해야 한다. 적절한 휴식을 갖는 것, 일하는 데 필요한 환경을 만들어주는 것, 크건 작건 내가 쏟은 노력에 박수를 보내는 것…… 이렇게 작은 배려들이 모여서 나를 위한 삶이 된다. 아무리 빛나는 성과도 내가 나로 살아있을 때라야 의미를 갖는다. 스스로 그것을 기뻐하고 즐겁게 누릴 때 비로소 가치가 생긴다. 그래서 '나'는 세상 어떤 일보다도 소중하다.

## 자신의 동의를 구하는 게 일의 순서다

프리랜서 생활이 해를 거듭해 갈수록 생활 방식을 포함해서 사고 방식이 유연해졌다. 이를테면 번뜩이는 아이디어가 떠오르면 새벽이라도 기꺼이 책상 앞으로 달려간다. 때로는 몇 시간 동안 머리를 쥐어짜도 일에 진척이 없는 날이 있다. 그럴 땐 과감하게 자리를 박차고 일어나 밖으로 나간다. 긴장감 있게 일을 진행하는 시기가 있는가 하면, 느슨하게 휴식을 취할 때가 있다. 극명하게 대조되는 두 시기가 번갈아가면서 찾아왔을 때, 처음에는 혼란스러웠지만 곧 계절의 변화처럼 받아들이게 되었다. 봄이 빨리 오기를 기다려본 적이 있는가? 그럴수록 겨울이 길게 느껴질 뿐이다.

머리와 몸이 불협화음을 내는 순간들이야말로 자신의 리듬을 찾기 딱 좋은 순간이다. 머리는 아마도 이렇게 말할 것이다. "지금 그것을 해야만 해! 게으름 피우지 마! 서둘러. 늦으면 안 돼!" 사실 대부분의 일은 급하게 진행된다. 사람들은 약속이라도 한 것처럼 입을 모아 말한다. "빨리, 빨리, 빨리!" 그런데도 몸이 꿈쩍도 하지 않는다면 어떻게 해야 할까? 목덜미를 잡아채서 책상 앞에 앉혀놓을 수는 있다. 그러면 어떻게든 일은 진행되겠지. 하지만 자신을 존중하지 않은 까닭에 만족을 잃어버린다.

이와 다른 방법도 있다. '나'에게 의견을 물어보는 것이다. "지금 하고 싶지 않아? 그럼, 언제 하고 싶어? 혹시 다르게 해볼까?" 이것저것 따지다가 일은 언제 하냐고? 배부른 소리처럼 들리겠지만, 먼저 자신의 동의를 구하는 게 일의 순서이다. 자동차에 비유하면 이렇다. 억지로 시작한 일이 브레이크와 액셀을 동시에 밟는 것이라면, 자신이 동의한 일에 뛰어드는 건 강력한 엔진을 추가로 장착한 것과 같다. 과연 어느 쪽이 더 효율적일까?

10년 전만 해도 일을 하기 전 스스로에게 의사를 물어보라고 하면 "어떻게 감히 제 의사를 밝혀요?" 하면서 몸을 떨었을지도 모른다. 그땐 시키는 대로 일하는 게 미덕인 줄 알았으니까. 하지만 지금은 일을 시작하기 전에 최소한 하루, 중요한 프로젝트는 한 달 정도 나에게 주의를 기울인다. 이것은 상당한 노력이 필요한데, 지금 당장 시작해야 한다는 내면의 압박에 항상 시달리기 때문이다.

그래서일까, '나에게 동의를 구하는 삶'은 시작부터 낯설었다. 점심 약속을 정하는 사소한 일조차 시간이 걸렸다. "잠시 생각할 시간을 좀 주시겠어요?"라고 말해놓고 상대방이 싫어할까봐 가슴을 졸이기도 했다. "네" 하고 대답해 버리는 게 가장 손쉬운 방법이었지만, 내 의사는 무시한 채 밀어붙이는 삶은 정말이지 끝내고 싶었다. 느리고, 고집스러워 보여도 괜찮아, 서둘러 시작하는 것보다 나에게 알맞은 속도로 나아가는 게 더 중요하니까, 그렇게 생각했다.

언제부터인가 나에게 충분한 시간을 주는 게 당연한 일이 되었다. 정중하게 양해를 구하면 기다려주는 고마운 사람도 많았다. 뭐야, 서두를 필요가 없었네. 의외였지만 정말 그랬다. 혹시 기회를 놓치면 어쩌지? 다른 사람한테 뺏기면 안 되는데. 나쁜 인상을 남기고 싶진 않아. 이런저런 두려움 때문에 자신을 재촉한 것일 뿐, 나에게 충분한 시간을 배려해 주기로 마음먹은 후로 촌각을 다투는 일은 벌어지지 않았다.

나에게 필요한 시간을 충분히 배려해 준 뒤에 겪게 된 가장 아름다운 경험은 '지금 해야 할 일을 하고 있다'는 앎 속에 머무는 것이었다. 좋아, 오늘 이만치 일을 했구나. 가뿐한 마음으로 잠드는 밤과 내일 할 일이 기대돼서 눈 떠지는 아침이 찾아왔다. 오늘도, 내일도, 모레도 이 일을 할 수 있어서 좋다…… 그런 평범한 만족이 내게는 커다란 선물이었다.

## 끈질기게 '나'에게 집중할 것

지난 해 5월, 하던 일을 잠시 내려놓고 강릉행 버스를 탔다. 언제든 내가 원하면 일과 거리를 두게 해주겠다는 나와의 약속을 지키기 위해서였다. 당장 처리해야 할 일들이 산적했지만 '반드시 해낼 거야' 하는 식의 패기를 내려놓고, 조용히 내 안을 굽어보고 싶었다.

숙소에 짐을 풀고 가장 먼저 찾아간 곳은 경포 호수. 옛날 옛적에 바다였다는 커다란 호수에 잔잔한 물결이 일었다. 그 뒤로 대관령 산자락이 보이고, 하얀 풍력 발전기가 바람개비처럼 쉼 없이 돌아가고 있었다. 평화로운 풍경을 보고 있으니 슬그머니 눈에 힘이 풀렸다. 덩달아 굳어 있던 어깨에도 힘이 풀렸다. 대관령 너머로 지는 해가 예뻐서 좋고, 얼굴을 스치는 바람이 시원해서 좋고, 그곳에 내가 존재하는 게 좋았다. 와, 이런 기분 얼마만이지? 속없이 신난 어린애처럼 웃음이 나왔다.

일주일을 꼬박 그렇게 살았다. 아침에 눈뜨면 경포들에서 먹이를 구하는 새들을 구경하며 호수로 갔다. 호수 주변을 빙 둘러 걷다가 숨이 가빠지면 벤치에 앉아 바람을 쐬었다. 그러다가 지겨워지면 자전거를 타고 강문 해변으로 가 파도가 하얗게 부서지는 걸 하염없이 바라봤다. 이렇다 할 것 없는 소박하고 평범한 날들이었다.

다시 일상으로 돌아오니 잔뜩 쌓여 있는 일들이 나를 반겼다. 그런데도 강릉에서 시간을 보낼 때처럼 천천히 짐을 풀고 책상을 정리했다. 떠나기 전에는 선택 장애가 올 정도로 고민이 많았었는데, 다시 책상 앞에 앉으니 자연스레 생각들이 정리되었다. 마치 어긋난 퍼즐들이 반듯하게 맞춰진 기분이었다. 만약에 회사에 다니고 있었더라면 "잠깐 바람 좀 쐬러 강릉에 다녀오겠습니다" 하고 얘기하지 못했을 것이다. 같이 일하는 동료가 있었더라면 사정을 얘기하느라고 진땀을 뺐을지도 모른다. 하지만 나는 가뿐하게 짐을 싸고 떠나면 그만이었다. 프리랜서로 일하는 게 새삼 감사해지는 순간이었다.

프리랜서가 된 이후의 삶은 영화 속 커리어 우먼의 삶처럼 화려하진 않았다. 트레이닝복을 입고 백수처럼 동네를 어슬렁거리는 게 일상이었으니까. 하지만 스스로 할 일을 선택하고 자신에게 알맞은 속도로 일을 하는 게 좋았다. 이전의 나는 꽉 짜인 틀 속에서 타인을 위해 일하는 존재였다. 그렇다 보니 갓 프리랜서가 되었을 무렵엔 뭘 어떻게 해야 할지 몰라 방황했고, '나를 위해 사는 게 이기적인 행동은 아닐까?' 하는 죄책감에 시달리기도 했다. 하지만 끈질기게 나 자신에게 집중했고, 그 덕에 몸에 꼭 맞는 옷을 고르듯이 나에게 알맞은 일을 알아보는 눈이 생겼다. 게다가 지금은 일에 몰두할 때와 쉬어야 할 때를 스스로 결정할 수 있는 여유까지 생겼다.

이런 경험을 하기 위해 반드시 프리랜서가 될 필요는 없다. 어떤 일이든 스스로 선택하고 방법을 고민하는 가운데 자신이 누구인지 발견할 수 있으니까. 그것은 서툴게 그린 그림 한 장에서 찾아질 수도 있고, 당일치기 짧은 여행을 통해 만나게 될 수도 있다. 심지어 싫어하는 일을 하면서 자신에 대해 새롭게 깨달을 수도 있다. 내 경우에는 거듭되는 시행착오가 나만의 길을 찾는 이정표가 되어주었다. 어떤 일을 할 때 가슴이 뛰는지 알아차리고, 소중하게 생각하는 가치에 대해 숙고하는 시간도 나를 지지하는 든든한 버팀목이었다. 중요한 것은 계속해서 '나'에게 집중하는 것이다.

처음에는 스스로에게 기울이는 관심이 어색하고 쑥스러울지도 모른다. 내가 존중받을 만한 사람인가? 이런 관심을 받을 만한 자격이 있을까? 고민할 수도 있다. 하지만 의심하지 말자. 우리는 이미 특별하니까. 아무도 흉내 낼 수 없는 '나다움'이 씨앗처럼 심어져 있다. 싹이 트고 꽃이 피어나려면 매 순간 나에게 집중해야 한다. 스스로에게 쏟는 애정과 관심이야말로 세상에서 가장 값진 영양분이니까.

# 5

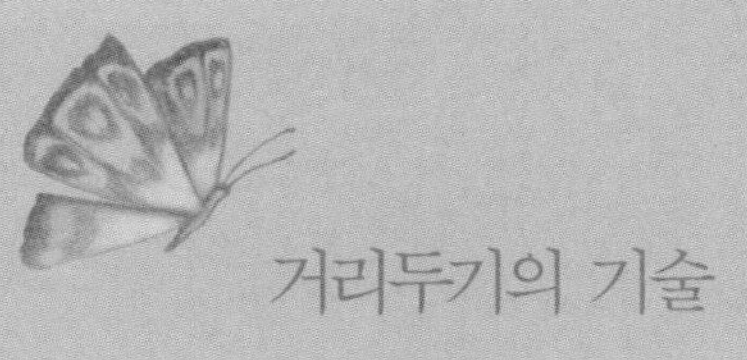

## 거리두기의 기술

:

## 조금 까칠하게
## 나에게 집중하는 법

## 자신을 지키는 섬처럼 사는 지혜

사람들은 섬이 외롭다고 생각한다. 이를테면 육지에 정착하지 못한 외톨이, 거센 파도 때문에 헤어진 그리움을 떠올린다. 심지어 인간은 섬이 아니라고 말하면서 굳이 외떨어진 섬들을 하나로 연결하기도 한다. 그런데 왜, 우리는 반드시 연결되어야만 하는 걸까?

섬은 종종 '생태계의 보고'라는 칭송을 받는다. 남대서양 트리스탄다쿠냐 제도에 속한 고프 섬과 이낵세시블 섬은 가파른 절벽 덕분에 세계에서 가장 큰 물새들의 집단 서식지가 되었다. 외부의 접근을 쉽게 허락하지 않음으로써 자신의 고유한 생태계를 지킨 것이다. 새들의 낙원이라고 불리는 이낵세시블 섬은 '접근하기 어려운 섬'이라는 뜻을 가지고 있다.

나도 육지와 떨어진 섬처럼 산다. 만약에 나를 만나고 싶다면 바다 건너편에서 소리쳐야 한다. "이봐! 지금 너를 만나고 싶어!" 그리고 얼마간 기다려야 한다. 초대에 응할지 말지 생각할 때까지. "지금은 나가고 싶지 않아" 하고 거절하더라도 서운해하지 않기를. 나는 좀처럼 섬을 벗어나지 않는 종種이니까.

섬처럼 산다고 해서 영원한 단절을 말하는 건 아니다. 선택적으로 영향받겠다는, 자율적인 의지로 살겠다는 것뿐이다. 나는 함께하는 걸 미덕처럼 여기는 선배와 작업실을 같이 쓴 적이 있다. 그는 '시너지' 이론의 신봉자였다. 좋은 아이디어는 다 같이 머리를 맞댈 때 나온다고 입버릇처럼 말했다. 그는 같이 밥을 먹고, 청소하고, 수다 떨고, 심지어 같은 시간에 일에 집중하길 바랐다. 각자 다른 일을 하는 데도 불구하고!

사교적으로 보이던 그의 태도에서 갈수록 아집이 느껴졌고, 급기야 그는 작업실을 움직이는 보이지 않는 권력이 되었다. 사회의 축소판을 보는 것 같아서 씁쓸했다. 몇 개월 뒤에 나는 작업실에서 쫓기듯이 나왔다. 그가 나에게 끼친 영향은 결코 시너지가 아니었다.

DalkomArtist Yuya

'함께'라는 말 앞에 개인성은 가볍게 무시된다. 다양성을 인정하는 사회라고 떠들지만 주류에서 벗어나면 '이상한 것'이 될 각오를 해야 한다. 앞에서는 창조성을 강조하고, 뒤에서는 손가락질하는 아이러니. 그럼에도 갈수록 내가 다른 사람들과 얼마나 다른지를 발견하는 것에 관심이 커졌다.

모든 관계가 긍정적인 건 아니다. 때론 미세먼지처럼 스며드는 부정적인 영향이 한 사람의 인생을 망가뜨릴 정도로 강력할 수도 있다. 나는 자신의 나약함을 누구보다도 잘 알고 있었다. 사람들이 우르르 몰려가면 "아, 저게 좋은 건가봐!" 하고 그 뒤를 좇았다. 누군가 확신에 차서 이야기하면 한 치의 의심도 없이 믿었다. 좋게 말하면 순진했고, 솔직히 말하면 어리석었다. 그러니까 나는 다루기 쉬운 사람, 부려먹기 좋은 일꾼이었다. 더는 그렇게 살지 않겠다고 다짐한 건 내가 소중해졌기 때문이다.

사람들이 내뿜는 부정적인 영향력으로부터 자신을 보호하기 위해 조금은 까칠해지기로 했다. 생글생글 웃으면서 "예스"를 남발하면 이용하기 손쉬운 자원이 될 뿐이니. 마음껏 낯을 가리고 신중하게 인연을 맺었다. 연락을 제한하고, 비대해진 관계를 축소하고, 에너지를 절약했다. 자연스럽게 나에게 집중하는 시간이 늘어났고, 남에게 없는 나만의 특별함이 드러났다. 조용하고 단단한 내면, 빛을 발하는 창조성, 고집스럽고 독립적인 성품까지. 남을 위해 살기에는 내가 너무 아까운데. 진심으로 그랬다.

꿀과 젖이 흐르는 비옥한 땅은 아니어도 나는 나 혼자 먹고사는 데 부족함이 없는 섬이 되었다. 생계를 책임지는 논과 밭이 있고, 마음이 쉴 수 있는 맑은 강이 흐른다. 가족과 친구를 초대할 수 있는 아담한 오두막이 있고, 24시간 꺼지지 않는 와이파이Wifi는 세상과 연결을 유지한다. 나로 인해 완성되는 그곳에서 나 하나로 충분한 삶을 누린다.

# 만남을 거절합니다

3년 전 겨울, 모든 일을 멈추고 방학을 선언했다. 그동안 틈틈이 짧은 휴가를 보냈지만, 5년 동안 열심히 일한 나에게 온전한 휴식을 선물하고 싶었다. 그러기 위해서는 '일'과 '만남'에 대한 능동적인 거절이 필요했다. 미진한 말로 일을 미루기보다는 깔끔하게 의사를 밝히고 싶었다. 나의 선택에 괜한 죄책감을 덧칠하고 싶지도 않았다. 3개월은 족히 지낼 수 있는 생활비를 준비하고, 진행중인 프로젝트와 강의를 일시 중단했다. 가족한테는 '당분간 혼자 지낼 것'이라고 미리 말해두었다. 전기장판을 준비하고, 창문마다 암막 커튼을 달았다. 그리고 겨울잠을 자는 곰이 되었다.

겨우내 특별히 한 일은 없다. 식료품은 온라인으로 주문하고, 주전부리가 생각나면 근처 편의점에 갔다. 외출은 사나흘에 한 번, 가끔은 일주일씩 집에만 있어도 전혀 불편하지 않았다. 읽고 싶던 책을 읽고, 드라마를 몰아 봤으며, 실컷 잠을 잤다. 연말연시 모임은 참석하지 않았고, 제야의 종소리가 울릴 때도 자고 있었다. 그것으로 충분했다. 나만 있으면 그 자체로 충만한 날들이 만족스러웠다. 이야기가 이쯤 흘러가면 "은둔형 외톨이가 된 건가?" 걱정될 것이다. 은둔한 건 맞는데 외톨이는 아니었다. 어디까지나 선택이었으니까. 그리고 곧 봄이 왔다.

2월부터 서서히 강의를 준비했다. SNS에 소식을 올리고, 강의 자료를 만들었다. 그림을 그리고, 글을 쓰고, 밀린 청소를 했다. 꽃피는 3월, 나는 시원하게 기지개를 켜면서 동굴 밖으로 나왔다. 활기차게 두 팔을 걷어붙이고, 기꺼이 일을 환영했다. 좋아, 와봐. 와보라고! 내가 아주 멋지게 해치워줄 테니. 크르렁! 강의는 열의에 넘쳤고, 만나는 사람마다 반가웠다. 엄마와 동생의 안부를 진심으로 물을 수 있었다. 정말 궁금해서, 이것저것 자세히 물었다. 여전히 건강하구나. 잘 지내서 다행이야. 기뻤다.

혼자 보낸 시간은 자신과 더욱 가까워지는 시간이었다. 배고픈 나를 위해 식사를 준비하고, 심심한 나를 위해 산책을 한다. 오롯이 나에게 집중하는 하루하루가 쌓이고 또 쌓이면 선명하게 '나의 존재'를 느끼게 된다. 나의 말에 항상 귀 기울이고, 자신을 위해 살고 있음을 경험하는 것, 내면의 목소리와 필요에 점점 민감해지는 과정은 그 누구도 줄 수 없는 힘과 자존감을 선물해 주었다.

## 아무 때나 허락했던 시간이 내 것이었어

나에게 선물한 방학 동안 휴대폰을 거의 쓰지 않았다. 가끔 발신 전용으로 사용하기만 했다. 휴대폰 없이 어떻게 살아? 몸의 일부나 다름없는데. 처음에는 이렇게 생각했다. 하지만 휴대폰은 내 상황이나 마음을 배려하지 않고 아무 때고 시끄럽게 울렸다. 웃긴 건 마치 선택권이 없는 것처럼 스팸 전화까지 고분고분 받고 있던 내 모습이었다.

하지만 초대하지 않은 손님이 불쑥 찾아왔을 때 문을 열어줄지 말지를 선택하는 건 온전히 내 몫이 아닌가! 뒤늦게 이 사실을 깨닫고 휴대폰을 무음으로 설정했다. 하루에 한두 번만 들여다보면 부재중 전화를 확인할 수 있었고, 중요한 연락만 답신했다. 예상대

로 대부분 스팸 전화였다. 작은 변화지만 일상이 눈에 띄게 고요해졌다. 이렇게 몇 주 생활해 보니 당장 전화를 받지 않아도 큰일이 나지 않는다는 걸 알게 되었다. 놀라우리만큼 아무 문제가 없었다. 물론 프리랜서인데다 주변에 당분간 휴식할 것이라고 얘기를 해뒀기 때문에 가능한 일이었다.

다음에는 용기를 내서 휴대폰 전원을 아예 꺼버렸다. 정말이지 휴대폰을 끄는 데는 용기가 필요했다. 그것은 일시적인 단절을 의미하니까. 하지만 나는 의외로 '휴대폰 없는 삶'에 잘 적응했고, 며칠이 지나자 갑갑한 목줄이 풀린 것처럼 홀가분했다.

"이것이야말로 내가 원하던 삶이야!"

나는 기쁨의 비명을 질렀다. 그리고 까맣게 잊고 있었던 사실이 기억났다. 아무 때나 사람들에게 허락했던 시간이 실은 '내 것'이었다는 사실! 어떻게 이걸 잊고 살았는지 충격에 빠질 만큼 놀라웠다. 나는 사람들의 부름에 일일이 응답하는 것보다 내 시간을 지키는 게 더 중요하다는 걸 깨달았다. 더는 휴대폰을 꺼놓는 게 두렵지 않았다. 주인의 당연한 권리니까.

시간은 우리를 구성하는 중요한 요소이다. 팔이나 다리, 손가락처럼 시간이야말로 신체 일부분처럼 보호하고 보살펴야 한다. 누군가 오른손 새끼손가락을 조금만 달라고 부탁하면 기꺼이 주겠는가? 상황이 매우 촉박하니 당신의 왼팔을 가져가겠다고 하면 가만히 지켜보겠는가? 우리에게는 자신의 시간을 지킬 권리가 있다. 동시에 그것은 의무이다.

## 전전긍긍하면서
## 그것이 사랑인 줄 착각하는 건 아닐까

겨울 방학을 선언할 때 모든 준비가 완벽했다. 딱 하나, 혼자 사는 자식을 걱정하는 엄마만 빼고. 어떻게 말하지? 뭐라고 해야 이해할까? 한시적이지만 자식이 부모와 연락을 끊는 게 불효는 아닐까? 계속 고민해도 지지부진 변명만 겉돌 뿐이었다.

그러다 문득 궁금해졌다. 왜 변명을 해야 하지? 날 위해 쉬고 싶은 게 무슨 죄야? 생각해 보니 변명도 필요 없고, 죄는 더더욱 아니었다. 인연을 끊겠다는 게 아니다. 한동안 연락이 안 될 테니 걱정하지 말라는 이야기를 하고 싶을 뿐이었다. 왜 가족 앞에서는 쉽게 미안해질까? 전전긍긍하면서 그것이 사랑인 줄 착각하는 건 아닐까? 하지만 내가 아는 사랑은 그보단 가볍고 가벼운 것인데……

나는 마음속 가득히 애정을 불어 넣고 엄마한테 전화를 걸었다.

"당분간 연락이 안 될 거야. 그런데 걱정하지 않아도 돼. 아냐, 엄마가 싫거나 귀찮은 게 아니야. 다른 사람들하고도 연락 잘 안 해. 엄마, 요즘 나는 혼자 지내는 게 참 행복해. 아! 이렇게 살려고 열심히 일했구나 싶을 만큼. 혼자 쉴 공간이 있고, 좋아하는 일을 할 수 있고. 방해받지 않고 사는 요즘이 좋아. 그러니까 걱정 말고 '우리 유미 잘 지내고 있구나' 하고 생각해 줘. 그리고 내가 필요하면 문자 보내. 확인하고 연락할게. 그리고 연락을 하든 안 하든 항상 사랑해. 응, 그건 정말이야."

"니가 그렇게 말하니까 안심이야. 사실 걱정 많이 했어. 애가 왜 이렇게 혼자 있을까? 다 큰 자식 참견할 수도 없고 애만 태웠는데 얘기해 줘서 고마워. 잘 쉬어. 잘 지내고. 엄마도 큰딸 사랑해."

그날의 대화는 가볍고 다정했다.

죄책감에 시달리려고 사랑하는 것이 아니다. 내가 원하는 건 사랑에 더욱 집중하는 것이다. 불필요한 죄책감을 내려놓고, 감당할 수 있을 만큼의 책임만 지혜롭게 선별할 수 있다면 우리는 더 많이 사랑할 수 있지 않을까?

## 내가 좋으니까 너도 좋을 거라는 싸구려 윈윈

이메일이 한 통 도착했다. 자신을 일러스트레이터라고 소개하면서 만나서 차 한 잔 하면서 사는 얘기나 하자는 내용이었다. 친구가 되고 싶다는 말에 무슨 악의가 있겠어? 생각할 수도 있지만 유쾌하지만은 않았다. 불쑥 꺼낸 제안이 알맹이 없이 공허하게 느껴졌고, 답장을 꼭 부탁한다는 마지막 말은 강요와 다를 바 없었기 때문이다. 좋은 게 좋은 거라며, 서로 윈윈하자고 다가온 사람. 나는 그때처럼 '윈윈'이란 단어가 싸구려처럼 느껴진 적이 없었다.

우리는 길을 건널 때 불쑥 차도에 뛰어들지 않고 신호를 지킨다.

하지만 사람에게 다가갈 땐 종종 신호를 무시한다. 심지어 격의 없이 가까워지는 것을 미덕처럼 여기기까지 한다. 적어도 나에게 오는 사람은 신호를 지켜주면 좋겠다. '지금은 혼자 있고 싶어요'를 의미하는 적색 신호, '잠시 기다려주세요'를 의미하는 황색 신호, '좋아요, 지금 나를 만날 수 있어요'를 의미하는 녹색 신호. 눈에 보이는 것도 아닌데 신호를 어떻게 알 수 있냐고? 질문 한두 마디면 충분하다. "지금 대화할 수 있나요?" "만나고 싶은데, 시간 있나요?"

나는 바로 답장을 쓰지 않고 하루 동안 마음속 신호등을 살펴봤다. 시간이 지날수록 적색 신호에 선명한 불이 켜졌다. 다음날, 신중하게 이메일을 보냈다. "저는 내향적인 사람입니다. 이건 나를 위한 초대가 아닌 것 같습니다." 그리고 오후에 "친절한 회신 감사합니다"라고 적힌 짤막한 답장이 도착했다. 허허, 허탈한 웃음이 새어나왔다. 나는 하룻밤을 고민했는데……

"좋은 게 좋은 거야"라는 말은 내가 좋으니까 너도 좋을 거라는 구렁이 담 넘어가는 소리이다. "글쎄, 나는 생각 좀 해봐야겠는걸." 때로는 이렇게 말할 수 있어야 한다. 도저히 말을 못하겠으면 생각의 날이라도 바짝 세우자. 나에게 진심으로 다가오는 사람과 그렇지 않은 사람을 알아볼 수 있도록 말이다.

# 사람들이 이상하게 보면 어쩌지?

사람들은 누군가 혼자 있는 걸 보면 "자신만의 세계에 갇혀 있다"고 서슴없이 말한다. 더 직설적으로는 왕따, 아웃사이더, 은둔형 외톨이라고 부르기도 한다. 이렇게 한 방향으로 치우쳐버린 말을 듣고 있자면 어쩌다 이런 편견이 생긴 건지 안타깝다.

나도 편견으로부터 자유롭지 못했다. 동창 모임에 발길을 끊자 한 친구가 "그렇게 살다가는 혼자 외롭고 초라하게 늙는다"고 충고했고, 가끔 인사만 하는 사이인데 "집에만 있지 말고, 사람도 좀 만나고 그래요" 하는 충고를 들었다. 어느 모임 운영자는 나를 볼 때마다 "요즘 친하게 지내는 사람은 있어? 마음을 열고 사람들하고 잘 지내봐" 하고 꼬집어 말하고는 했다. 지금 생각하면 기죽을 일이 아니었는데 그땐 부족한 면을 들킨 것 같아서, "걱정해 줘서 고마워요. 저도 신경 쓰고 있어요" 하고 고분고분 수긍했다.

오롯이 나에게 집중하기 위해선 때때로 '사회 부적응자' '외톨이' '아웃사이더'라는 불편한 시선을 각오해야 한다. 나 역시 사람들의 시선이 두려운 나머지 직장, 가정, 각종 모임, SNS에 과도하게 열중하고 마치 공공재가 된 것처럼 나 자신을 사람들과 공유했던 시기가 있었다. 하지만 지나치게 많은 에너지를 쏟아야 했고, 갈수록 중요한 걸 잃어버리는 기분이 들었다. 얼마가지 않아 나에게는 폭넓은 관계가 필요하지 않다는 결론에 이르렀다. 지금 생각하면 그렇게까지 관계에 집착할 필요가 있었는지 의문이 든다.

사람들의 시선이 더는 신경 쓰이지 않게 된 건, 혼자 있는 것이 세상을 등지거나 관계를 버리는 게 결코 아니란 걸 경험했기 때문이다. 깊은 애정을 공유하고, 서로의 허물을 덮어주고, 마음이 곤궁할 때 의지처가 되어주는 관계는 정말이지 소중하다. 하지만 한쪽이 다른 한쪽에게 기대기만 하는 관계는 결코 건강하게 유지될 수 없었다. 스스로 일어설 힘이 있을 때 비로소 잃어버린 균형을 바로잡을 수 있고, 인연을 소중하게 가꿔나갈 수 있다는 걸 경험

Dalkom Artist Yuyu

으로 배웠다.

하지만 복잡하게 얽혀 있는 사람과 사건으로부터 분리되는 일은 쉽지 않았다. 그래서 약간의 용기가 필요했다. 자신의 욕구를 인정할 용기와, 타인의 시선에 흔들리지 않고 내 편이 되어줄 용기가. 혼자 있고 싶다는 의사 표현을 직접적으로 해본 적이 없었던 나는 말하는 연습부터 해야만 했다. "지금은 혼자 있고 싶어요." "오늘은 만나고 싶지 않습니다." "다음에 통화해요." 처음엔 많이 어색했지만 선명한 의사 표현은 힘주어 말하지 않아도 전달된다는 걸 곧 알게 되었다.

'상대방이 서운해하거나 관계가 망가지면 어쩌지?' 하는 걱정이 수시로 떠올랐지만 자신의 진심을 정직하게 밝히는 것은 결코 무례가 아니라는 생각으로 스스로를 독려했다. 그리고 우려와는 달리 모든 요구에 '예스'라고 답해야만 친구가 될 수 있는 건 아니었다. 오히려 '노우'라고 말할 때 진짜 친구가 누구인지 발견할 수 있었다.

요즘은 혼자 지내는 나를 걱정하는 사람을 만나면 "괜찮아요. 이러다가도 할 일이 생기면 밖으로 열심히 뛰어나가요" 하고 여유롭게 대꾸한다. 혼자 시간을 보내는 게 배고플 때 밥을 먹고 졸릴 때 잠을 자는 것처럼 자연스럽게 느껴지기 때문이다. 이따금 일과 관계에 지친 사람을 보면 "잠깐이라도 혼자 시간을 보내면 어때요?" 하고 넌지시 운을 띄우기도 한다. 맛있는 밥 한 끼에 배가 부른 것처럼, 단 한 시간만이라도 오롯이 혼자 있고 나면 다시 세상에 뛰어들 에너지가 생기니까.

## 인맥이 넓으면 행복해지나요?

많은 자기계발서들이 폭넓은 인간 관계를 권장한다. 관계가 원만한 사람일수록 긍정적으로 평가받는다. '사람이 재산'이라는 말은 이제 상식이 되었다. 그런데 정말로 사람을 많이 사귀면 행복해질까? 내 경험으로 미뤄볼 때 대답은 '아니'다.

20대 초반에 온라인 커뮤니티에서 만난 P는 지방에서 혼자 올라와 서울에 자리를 잡은 야무진 친구였다. 나는 P의 거미줄처럼 넓고 촘촘한 인맥에 감탄했다. 온라인에서 알게 된 지인에게 게임 디자인을 배우고, 인맥을 통해서 탄탄한 게임 회사에 취업했다. 얼핏 들어도 게임 업계에서 가깝게 지내는 사람이 수십 명은 족히 되어 보였다. 게다가 만난 지 얼마 안 됐는데 내 생일날 명품 브랜드 립스틱을 선물해 줬다. 사람을 대하는 P의 마음 씀씀이에 또 한 번 감탄했다.

"넌 좋겠다, 인맥도 넓고, 도와주는 사람도 많아서" 하고 진심으로 부러워하자 P가 지친 미소를 지으면서 말했다. "그래? 부러우면 내 인맥 너 다 가져. 그 대신 내가 사람들한테 받은 상처도 모두 가져가야 해."

P가 받은 상처를 낱낱이 알진 못했지만 표정에서 상처의 깊이를 짐작할 수 있었다. 나에게도 사람들이 부르면 달려가고 모임에 꼬박꼬박 얼굴을 비추던 시절이 있었다. 의무감으로 모임에 참석하고, 분위기 맞추려고 얼굴 빼근하게 웃곤 했다. 혼자 있을 때조차 쉴 새 없이 휴대폰이 울려댔고, 즐거웠던 만남은 어느새 '일'이 되어 갔다. 그때는 알지 못했다, 관계 맺기에도 적정 용량이 있다는 것을.

관계를 유지하는 데에는 정신적·물리적으로 상당한 자원이 필요하다. 엘리베이터에도 적정 인원이 있고, 승용차도 탑승 인원을 제한하는데, 관계는 왜 많으면 많을수록 좋다고 하는 걸까? 굳이 이분법적으로 '좋고 나쁨'을 판단해야 한다면, '많고 적음'이 아니라 '적정 용량을 지키느냐 지키지 않느냐'를 기준으로 삼아야 하지 않을까?

지금 나에게 친구라고 부를 만한 사람은 단 두 명이다. 그런데 신기하게도 충분하게 느껴진다. 양은 결코 중요하지 않다. 중요한 건 기꺼이 친구라고 부르고 싶은 사람과 함께하는 것, 그리고 원하지 않는 관계를 거절할 수 있는 자유이다.

## 불쾌함은 교묘하게 찾아온다

우연한 기회에 그림을 사랑하는 한 사람을 만났다. 우리는 꽤 좋은 이야기 상대가 될 것 같았는데, 실제로 그의 신념과 철학은 동의할 수 있는 부분이 많았다. 그는 나에게 여러 모로 격려의 말을 해주었다. 얄팍하지도 가볍지도 않았으며, 부드러운 예의가 배어 있는 말이었다. 사려 깊은 칭찬은 입에 발린 소리가 아니었고, 나를 통해서 느낀 걸 전달하려고 단어를 고르고 고르는 모습에 고마움이 느껴질 정도였다.

하지만 갈수록 이상하다는 생각이 들었다. 위로하는 사람은 있지만 위로받는 사람은 없는 이상한 대화, 조언하는 사람은 있지만 조언이 필요한 사람은 없는 이상한 대화, 헛도는 말을 주고받으면서

Dalkom Artist Yuyu

도 서로 미소를 잃지 않는 기묘한 대화였다.

“그림을 그릴 때 힘들다고 울지 말아요. 그림 그리는 건 특별하고 행복한 일이잖아요.”

따듯한 위로였다. 그림을 그리다가 힘들 때 가끔 울음을 터트린다고 했던 내 말을 기억하고 있었던 것이다. 그의 눈을 물끄러미 바라봤다. 친절한 눈빛이었지만 실은 나를 왜곡해서 비추고 있는 게 분명했다. 나는 위로를 거부했다.

“아, 아뇨. 우는 건 내면에 깊이 집중할 때 생기는 일이에요. 집중할 때는 극과 극을 달리니까요.”

“극과 극을 달려도 괜찮아요. 모두 과정일 뿐이죠.”

그의 친절은 다정하고도 집요했다.

“네, 맞아요. 저도 그런 자신을 이해하고 있는 걸요. 그리고 극과 극을 달리는 건 제가 작업하는 방식인 거죠. 재밌기도 하고요.”

이렇게 말하면서 두 팔로 몸을 감싸고 가볍게 쓸어내렸다. ‘그건 당신이 생각하는 그런 문제가 아니야. 잘못된 거라고 생각하지 않아. 그것들은 사랑하는 나의 일부분이야’ 하는 무언의 메시지였다.

눈물은 자궁 속 양수와 같아서, 눈물이 마르면 오히려 걱정이다. 그 안에서 모든 것이 벗겨진 나를 만나고, 깊이 연결되는 기분을 느낀다. 실컷 울고 나면 뭐라 말할 수 없이 가뿐해진다. 고통을 피하지 않고 기꺼이 끌어안는 것, 내 편에서 서서 슬퍼하는 것이기 때문에 눈물은 사랑의 또 다른 표현이다. 그래서 나의 눈물은 위로가 필요하지 않았다.

그의 표정에 가려져 무심코 지나칠 뻔했다. '그림은 행복한 거야. 눈물 흘리는 건 불행한 거야. 너는 위로가 필요해. 앞으로 울면 안 돼. 나처럼 행복해야지'라는, 그의 감춰진 강요를. 하지만 나에게 불행 혹은 행복의 꼬리표를 붙이는 건 오로지 나만의 권한이다. 게다가 행복을 추대하고 불행은 홀대하는 편견은 인종 차별만큼이나 부당한 일이다. 적어도 내 세상에서는.

이번에는 그의 입에서 뜻밖의 조언이 튀어나왔다.

"그림은 계속 그리다 보면 결국 좋아지잖아요. 그러니까 너무 고민하지 마세요."

그 말을 듣고 뭐라 말하긴 어렵지만 나의 일부분을 침해당한 기분이 들었다. 초대하지 않은 조언은 늦잠 자는 토요일 이른 아침에 불쑥 찾아온 불청객 같다. 친절한 낯을 하고 있어도 등장 자체가 불쾌하다. 그것은 때로 '네 상황을 다 알고 있다'는 오만함과 '나에게 답이 있다'는 확신을 딛고 나타난다.

"아, 말이 너무 많았네요. 제 얘기만 길게 했죠?"

불편한 내 표정을 읽었는지 그가 서둘러 대화를 마무리했다.

"아니에요. 저도 재밌었어요. 공감도 많이 했고요."

이렇게 대답하고 나서, 대화 내내 느꼈던 불편이 실은 불쾌함이란 걸 알아차렸다. 한편으로는 '날 위하는 마음으로 해준 말인데 너무 예민하게 반응한 건 아닐까? 고마워해야 하는 걸지도 몰라' 하는 옅은 자책이 스쳤다.

하지만 그의 진심을 알 길은 없다. 직접 대답을 듣는다 해도 진실은 알 수 없을 것이다. 30분의 짧은 대화로 그가 어떤 사람인지 단정 지을 수 없다. 30년을 알고 지낸다 해도 어떤 사람인지 끝내 알 수 없을 것이다. "알고 있어" 하고 말할 수 있는 건 그 대화에 대한 내 생각뿐이었다.

'사람의 단면만 보고 내리는 조급한 판단에는 깊이가 없어. 그 사람은 나에 대해서 알지 못하잖아. 나는 조언이나 위로가 필요하지 않았고, 물어본 적도 없어. 맞장구치면서 들어주는 일, 정말 고역이었어. 칭찬으로 포장했지만 빤히 보이는 자존심도 전혀 고맙지 않았고. 그건 날 위한 말이 아니었어.'

불쾌함은 교묘하게 찾아온다. 그것은 단박에 거절할 수 없는 미소를 짓고 세련된 친절함을 입는다. 불쾌함은 원하지 않는 자극을 받았을 때 마음이 느끼는 가벼운 통증이다. 통증은 자극을 알아차리고 자신을 보호하라는 신호이다. 나는 오랜 시간 통증을 무시하고 예의를 차리는 데 길들여져 있었다. 그러니까 그에게 싫은 소리 한마디 하지 못한 거겠지. 나는 두고두고 후회했다. 그에게 시간을 뺏긴 걸 후회했고, 불쾌하다는 의사를 분명하게 표현하지 못한 것을 후회했다. 무엇보다도 예의라는 굴레에 갇혀 자신을 보호하지 못한 게 가장 후회스러웠다.

# 그거야말로 예의를 상실한 거지

친구 효정에게 내가 겪었던 친절하고 이상한 대화에 관해 얘기했다. 효정은 빈말로라도 좋게 생각해, 좋은 뜻으로 한 얘기였을 거야, 라고 하지 않았다. 오히려 "초대받지 않았는데 조언을 왜 해? 그리고 너는 왜 그 얘기를 가만히 듣고 있어?" 하고 단호한 어조로 말해서 나도 모르게 변명을 늘어놨다.

"그럴 수 없는 자리가 있다는 거 알잖아? 대화는 이미 흘러갔고, 갑자기 일어설 수도 없고 말이야."

"왜 못 일어나?"

"예의잖아, 예의. 갑자기 대화를 끊어버리면 민망할 거 아니야."

“유미야, 그게 중요한 게 아니야. 잘 들어. 너한테는 듣지 않을 권리가 있어.”

그녀는 내가 잊고 있었던 권리에 대해 말했다. 공손함에 밀려난 권리, 좋은 사람으로 보이려고 우물쭈물하는 사이에 놓쳐버린 권리. 맞아, 나한테 그런 권리가 있었지.

“전에 제빵 수업을 들을 때 말이야, 훈수를 두고 싶어서 입이 근질거리는 남자가 있었어. 여기저기 오지랖을 떨고 다녔는데, 내가 어떻게 한 줄 알아? 눈도 마주치지 않았어. 정말 듣고 싶지 않았거든. 무슨 자격으로 나한테 훈수를 둬? 그거야말로 예의를 상실한 거지.”

“그렇게 무시할 수 있는 상황이 아니었다니까. 말처럼 간단하지 않아.”

“또 이런 경우도 있었어. 사무적인 일을 보는데 실무자가 갑자기 막 조언을 하더라. 맥락도 없이. 가만히 듣다가 이건 아니다 싶어서 이렇게 물어봤어. ‘잘 기억이 나지 않아서 그러는데요, 혹시 제가 조언을 부탁드렸었나요?’ 하고 차분하게.”

정색했을 효정의 얼굴을 떠올리니 그 사람 간담 좀 서늘했겠는데 싶었다. 상황이 심각할수록 효정 특유의 재치 있는 말은 빛을 발했다. 내가 상상조차 해본 적 없는 일이 그녀에게는 일상이란 사실,

그것이 나를 자극했다. '뭔가 대책을 세워야겠어. 어쩔 수 없는 일이었다는 말로 자신을 방치해서는 안 돼. 내 권리는 내가 지키겠어.'

"그럼 뭐라고 말하면 좋을까? '듣기 싫은데요. 됐거든요!' 이렇게?"

그녀는 잠시 생각하다가 입을 열었다.

"감정이 섞이지 않은, 명확한 표현이 있지 않을까? 예를 들면……"

"그냥 바쁜 일이 있다고 하고 일어나면 안 될까? 아무래도 직접 말하는 건 어려울 것 같은데."

"뭐, 정 어렵다면 어쩔 수 없지. 그런데 당연한 네 권리를 행사하는데 핑계를 대야 할까? 무례를 저지른 건 그 사람인데. 다시 그런 일이 생기면 너는 뭐라고 말하고 싶어? 그냥 그렇게 피할 거야?"

나는 기억을 되짚어 불쾌했던 대화 속으로 천천히 걸어 들어갔다. 그는 단정하게 앉아서 부드러운 미소를 짓고, 거절하기 어려운 부드러운 말씨로 조언을 한다. 긴장이 바짝 몸을 조여오지만, 그 순간 '듣고 싶지 않다'는 의사 표현에 집중하고 솔직하게 말한다.

"저는 조언이 필요하지 않아요."

그가 스스로 자신의 행동을 돌아보도록 이런 질문을 할 수도 있을 것이다.

"저한테 왜 그런 조언을 하시는 거죠?"

어쩌면 조금 더 강력하게 의사를 전달할 수 있지 않을까?

"그 조언은 저를 위한 말이 아니군요. 저는 당신의 조언을 초대하지 않았어요."

"효정아, 연습해 보니까 별거 아닌데? 해볼 만하겠어."

불가능하다고 생각했던 말들이 의외로 술술 흘러나왔다. 거절의 의미를 담은 문장은 생각보다 간결했다. 상대가 어떻게 나올지 알 수 없지만, 그것과 상관없이 '듣지 않을 권리'를 사수할 용기가 차올랐다. 스스로 대화를 원하지 않는다는 사실을 기민하게 알아차리고 자신의 의사를 존중하기만 한다면 말은 어떻게든 자연스럽게 전달되리라.

하지만 만일 하나, 예의에 어긋난 행동을 하게 되면 어쩌지? 뼛속 깊이 각인된 공손함이 고개를 들었다.

"기분 나빠해도 어쩔 수 없지. 내 권리와 좋은 사람이란 이미지, 둘 중 하나를 선택해야 한다면 권리를 선택하겠어. 까칠한 인간으로 낙인찍혀도 기꺼이 감수할 거야."

나는 한마디 한마디 힘을 줘서 선언하듯 말했다. 잃어버렸던 권리를 되찾기 위해서.

## 나를 사용하는 방법을 알려줄게요

프리랜서로 살다 보면 다양한 클라이언트를 만나게 된다. 그 가운데 전화를 받자마자 다짜고짜 이렇게 물어보는 사람도 있다. "거기 그림 한 장 그리는 데 얼마예요?" 이런 질문을 받고 나면 내 그림이 마치 공장에서 찍어내는 물건 취급을 받는 것 같아 씁쓸해진다.

또 강사로 살다 보면 종종 24시간 열려 있는 문의 창구가 된다. "띠링~" 문자 알림이 울린다. "선생님, 궁금한 게 있어요"로 시작하는 메시지. 뿌리치기 어려운 연락이다. 모름지기 질문에 친절하게 답하는 것이 강사의 도리가 아니던가! 하지만 지금은 토요일 밤 11시. 답장을 미루는 게 초조해서 결국 컴퓨터를 켜고 자료를 뒤적이며 장문의 답문자를 보낸다.

엄마는 또 어떤가? 시간을 가리지 않고 전화해서 할 말만 하고 끊는다. "오늘 무슨 일이 있었는지 아니?" 글쎄요, 궁금하지 않은데요. 이렇게 말하면 서운할까봐 맞장구를 친다. 전화를 끊고 나면 집중도 뚝 끊긴다. 다시 몰입할 때까지 멍하게 시간을 허비한다.

직장인으로 살 땐 답답하다고 툴툴거렸지만, 회사라는 공간이 일에 집중할 수 있게 보호해 줬다는 것을 프리랜서가 되고 나서 뼈저리게 느꼈다. 사람들이 아무 때고 찾아오는 공공 장소가 된 기분이랄까, 일과 휴식의 구분도 없는데다 여기저기서 날아오는 질문과 요청까지! 스트레스가 쌓이고 또 쌓이자 한 가지 방법을 궁리해 냈다. 바로, 나를 사용하는 방법을 알려주는 것이다.

일단 온라인에 공개한 휴대폰 번호를 모두 삭제했다. 그리고 클라이언트가 볼 수 있도록 안내문을 추가했다. "작업 의뢰는 이메일로 해주세요."

꽤 합리적인 방법이라고 생각했지만 시간이 갈수록 초조했다. 이메일이 성가셔서 연락을 안 하면 어쩌지? 클라이언트를 놓치면 안 되는데. 하지만 체계적으로 일하는 회사는 이메일로 소통한다. 정확한 자료와 근거를 남기기 위해서라도 말이다. 반대로 흔히들 말하는 '간 보는 상황'일 때, 누군지 밝히지 않고 전화로 "얼마냐?" 하고 물어보는 경우가 많다. 나는 '이메일을 사용하라'는 규칙을 실속 없는 클라이언트를 일차적으로 걸러내는 수단으로 생각하기로 했다.

일러스트 강의 문의는 블로그 댓글로 답변하기로 했다. 모든 포스팅 끄트머리에 안내문을 추가했다. "더 궁금한 점은 블로그 댓글로 문의하세요 :)" 전화나 문자로 바로바로 응대하는 게 더 친절해 보이지 않을까, 잠시 고민했다. 하지만 속도보다 정확성이 중요했다. 시간이 걸리긴 하지만 질문을 주의 깊게 읽고 정확한 답변을 할 수 있어서 만족스러웠다. 자칫 어긋날 수 있는 소통이 텍스트로 정돈되니 이보다 좋을 수가! 짧은 질문도 신중하게 답변하는 모습을 신뢰하는 사람들이 늘어났다.

일러스트 수업 첫 시간에 '강의실 사용 방법'을 설명하면서 '강사 사용 안내'를 덧붙인다. 실제로 강사 사용 안내라고 정확히 지칭한다. 부디 나를 잘 사용해 주었으면 하는 바람을 담아. 내용을 요약하면 이렇다. "주말에는 일하지 않아요. 평일에는 오전 10시부터 6시까지 일해요. 질문은 온라인 카페를 이용해 주세요. 답변하는 데 며칠이 소요될 수 있습니다. 전화와 문자 연락은 원활하지 않습니다."

좋은 강사가 되려면 작품 활동에 충실한 작가가 되어야 한다. 작가로서 경험하고 깨우친 것이 곧 커리큘럼이 되고 교재가 되니까.

안내의 효과는 놀라웠다. 단 몇 줄의 규칙이 강의와 작품 활동의 균형을 되찾아주었으니까.

엄마도 예외는 아니었다. "일할 때는 전화를 받을 수 없어요" 하고 상황을 설명했다. 갑자기 집에 찾아오겠다고 하면 "해야 할 일이 있어서 오늘은 어려워요" 하고 거절을 하기도 했다. 마음이 상하지 않도록 "적어도 하루 전날에 연락해 주시면 좋아요" 하고 친절한 설명도 덧붙였다.

알고 있다. 세상 정 없이 보이는 거. 내색은 안 했지만 엄마는 속으로 얼마나 서운했을까? 하지만 집이 곧 작업실이기 때문에 일과 생활을 구분 짓기 어렵다. 스스로 규칙을 만들지 않으면 일의 흐름이 끊기고 집중할 수 없다. 겉보기에는 냉정한 거절이지만, 꾸준히 일하기 위한 간절한 노력이다.

지금은 당연한 일이 됐지만, 새로운 규칙을 추가할 때마다 사람들의 시선이 신경 쓰였다. 유난스러워 보이려나? 건방지다고 생각하진 않을까? 이상한 사람처럼 보이면 어쩌지? 주변을 둘러봐도 자신을 사용하는 방법을 내건 사람은 나밖에 없었으니까. 그래서 나는 이상한 사람이 됐을까? 아니다. 뜻밖에도 자연스럽게 받아들여졌고, 프리랜서 8년차가 된 지금까지 규칙을 유지하고 있다.

물론 예외도 있다. 급한 용무는 바로 통화하거나 문자를 주고받는 융통성을 발휘한다. 그런데도 속으로 의아해하거나 불편해하는 사람이 있을지도 모른다. 하지만 나서서 난색을 표하는 사람은 없었다.

이토록 자연스러운 이유는 뭘까? 시작부터 분명하게 말했기 때문이다. 화내거나 비난하거나 싸우지 않았다. 구구절절 설명하거나 미안해하거나 눈치 보지도 않았다. 다만 말했을 뿐이다. 필요한 규칙이 무엇인지 스스로 충분히 생각한 뒤에 이렇게 말이다. "저는 여기부터 여기까지 사용할 수 있습니다."

도로에 차선이 없다고 생각해 보자. 상상만 해도 아수라장이 떠오른다. 인생길은 도로보다 훨씬 복잡하게 얽혀 있다. 신호등과 차선이 없다면 사고는 필연적으로 일어난다. 언제까지 "괜찮아요, 괜찮아요" 하며 뒷걸음질 칠 수는 없는 노릇이다. 쾅! 사고가 나기 전에 소리 내서 말하자. "넘지 마세요!" 알다시피 사고는 예방이 최우선이다.

## 중요한 건 진심으로
## 함께하고 싶은 사람과 함께하는 것

"결국 인생은 진실 게임이야."

친구가 단호하게 말했다.

"게임?"

"스스로에게 진실해지는 거야. 자신을 속이지 않고, 두려움 없이."

나는 키득 웃으면서 "역시 우린 친구야" 하고 말했다. 나도 같은 생각을 했다. '보여주기 위한 모습이 아니라 자연스럽게 드러나는 모습으로 살아야지.' 주변의 칭찬에 우쭐할 때도 있고, 계산기를 두들기며 한숨 쉴 때도 있다. 그러나 누군가 불쑥 "행복한가요?" 하고 물어보면 그동안 들었던 칭찬 몇 마디나 통장 잔고로 '네' '아니오'를 결정하진 않을 것이다. 그녀는 자신에게 솔직한 만큼 나에게도 꾸밈없는 친구가 되어주었다.

친구와 나는 한 달에 한 번꼴로 밤을 꼴딱 새워가며 통화를 한다. 마음 밑바닥까지 싹싹 긁어내고 나면 고해성사라도 한 것처럼 마음이 가뿐해진다. 우리에겐 암묵적인 약속이 있는데, 상대가 "힘들어 죽겠다!"고 토로해도 '이렇게 하는 게 어떻겠느냐?' '그건 틀렸다' 하는 식의 조언은 일절 하지 않는 것이다. '너의 세상에서는 너의 생각이 옳으니까' 하는 생각이 깔려 있기 때문이다.

묵묵하게 들어주는 것이야말로 최고의 위로이고, 질문을 받으면 그것에 대해서만 성심껏 대답한다. 그래서인지 속 깊은 이야기를 힘들이지 않고 툭 꺼낼 수 있다. 세상의 모든 관계가 이러면 얼마나 좋을까? 그런 생각을 할 때면 그녀와 나누고 있는 존중이 더욱더 특별하고 소중하게 느껴진다.

그녀와 함께 있으면 추레한 꼴을 보여도 괜찮다. 내면의 진실에 더욱 주의를 기울이고, 느끼는 대로 말하고 행동하는 데 걸림이 없다. 아마도 우리가 서로에게 끼치는 어떤 작용 때문이리라. 그렇게 생각하면 어딘가 신비한 기분이 든다.

이 사람 저 사람 떨어뜨려 놓고 보면 서로 확연하게 구분되어 아무 상관없는 것 같아도, 같이 있으면 자연스레 서로를 물들인

다. "밥이나 같이 먹자" 하고 나갔다가 어느 틈에 상대방의 행동, 사고방식, 말투를 옮겨오는 것도 그 때문이다. 개중에는 나를 나답게 존재하게 하는 관계가 있는 반면에 자신의 규칙과 가치관을 강요하는 관계도 있다. 미세 먼지보다 더 지독한 공해를 일으키는 사람도 있다. 생각이 여기까지 미치면 어쩐지 으스스해진다. 나는 오랫동안 이 사실을 모른 채로 살았다. '아니다' 싶은 관계에 질질 끌려다닐 때도 만남을 거절하는 게 큰 잘못이라고 생각했다. 그때만 해도 모든 연락에 친절하게 응답하는 사람이 되고 싶었다. 하지만 노력하면 할수록 내가 아닌 다른 사람을 연기할 뿐이었다.

'그래, 이게 진짜 나야' 하는 기분으로 사람을 만나게 된 건, 역설적이게도 만남을 제한하면서부터였다. 나는 작은 방침을 세웠다. '보고 싶은 사람을, 보고 싶을 때 만나는 것!' 그렇다고 해서 까탈을 부리는 건 아니다. 남을 평가할 생각도 없다. 다만 필요와 의무가 아닌 마음으로 사람을 만나려는 것일 뿐. 오래전에 잃어버린 감각을 되찾으려는 새로운 노력을 시작했을 따름이다. 한 번에 만날 수 있는 사람의 수가 줄어들고, 의무감으로 유지하던 관계가 차차 정리됐다.

주변이 한적하다 못해 적막해졌지만 솔직히 말하면 편안했다. 남들에게 비치는 이미지야 아무렴 어떤가? 중요한 건 진심으로 함께하고 싶은 사람과 함께하고 싶은 순간에 함께하는 것이니까.

# 6

# 마음 돌봄의 기술

:

사랑은 또 다른

사랑을 물들인다

## 얼룩진 마음은 아름다운 것을 보지 못한다

봄바람 살랑이는 그 예쁜 계절 5월에 나는 혼자였고, 서른다섯 살이 되었다. 겪어본 적 없는 외로움이 마음속을 빼곡하게 채웠다. 외로움은 우울함이 되고 우울함은 무기력함이 되어 나는 꼼짝도 할 수 없었다. 서른다섯 살이 까마득히 먼 미래였던 시절, 이 나이가 되면 결혼하고 아이를 낳아 키우고 있을 줄 알았는데, 번호표라도 뽑아놓은 양 차례대로 결혼 소식과 출산 소식을 알리는 친구들 틈에서 난 별난 존재가 되었다.

"언제까지 개새끼만 끼고 혼자 살 거야?"

먼저 결혼한 친구가 무심코 툭 내뱉은 말이 떠올랐다. 친구야, 나도 모르겠어. 어쩌면 평생 이렇게 혼자 살지도 몰라. 어쩌다 혼자가 됐지? 어쩌다 이렇게 대책 없이 외로워진 걸까? 답 없는 물음이 벌떼처럼 머릿속을 들쑤셨다.

답을 찾다 지쳐 침대에 몸을 뉘었다. 침실 문지방을 물끄러미 바라보면서 상상했다. 누군가 저 너머에서 나에게 와준다면 못 이기는 척 일어나 손을 잡고서 화창한 봄날을 즐기러 나갈 텐데. 그럼 이 외로움을 혼자 감당하지 않아도 될 텐데…… 하지만 상상 속의 일은 일어나지 않았고, 해가 저물어 깜깜해질 때까지 침대 밖으로 한 발자국도 내딛지 못했다. 외출하지 않고 집에서만 시간을 보낸 지 사흘째 되는 밤이었다.

다음날 아침, 유난히 쏟아지는 아침 햇살이 자꾸만 등을 떠밀어 누워 있을 수가 없었다. 손잡아주는 사람은 없지만 어기적 몸을 일으켰다. 찾아올 사람은 없지만 꾸역꾸역 청소를 했다. 함께 밥 먹을 사람은 없지만 억지로 밥을 삼켰다. 보여줄 사람은 없지만 머리를 정돈하고 몸을 씻었다. 그리고 책 한 권 가방에 넣어 밖으로 나갔다.

곧 여름이 오려는지 가로수가 푸르게 우거져 있었다. 나뭇가지 사이로 푸른 하늘이 보이고, 아낌없이 내리쬐는 햇살이 반짝였다.

길게 늘어선 가로수 길을 따라 한 걸음 한 걸음 내디딜 때마다 외로움의 무게는 조금씩 조금씩 가벼워졌다. 잔잔한 위로가 몸을 감싸고, 그늘져 있던 마음에 투명한 햇살이 내려앉았다.

한결 차분해진 마음으로 다시 친구의 말을 떠올렸다. 결혼도 하지 않고 혼자 사는 나는 미완성의 삶을 사는 불안한 존재일까? 아니다. 푸르른 가로수 길 위해서 눈부신 햇살을 쬐고 있는 나는 온전히 자신의 삶을 책임질 줄 아는 독립적이고 특별한 존재였다.

밥을 먹고 몸을 씻고 주변을 청소하는 것처럼 마음을 보살피는 것도 오늘을 살아내기 위해 반드시 필요한 일이다. 얼룩진 마음은 아름다운 것을 보지 못하고, 빛나는 것의 소중함을 느낄 수 없으며, 회복하는 데 오랜 시간이 걸린다. 나는 또다시 외로움에 치여 스러지지 않도록 매일 안부를 묻기 시작했다. 마음을 가장 친한 친구처럼 대하니까 "오늘 기분이 어때?" 하고 말을 걸거나 "오늘 정말 힘들었구나!" 하고 맞장구를 쳐주는 게 어렵지 않게 되었다. 혼잣말이 늘어난 것도 이때부터다. 마트에서 장을 보다가 "이거 맛있겠지?" 하고 물어보고, 일을 마치고 돌아오는 버스 안에서 "오늘 정말 고생했어" 하고 토닥이는 게 일상이 되었다.

마음을 돌보는 나만의 기술도 생겼다. 잘 들어주기, 끝까지 이해해 주기, 더하거나 빼지 않고 있는 그대로 인정해 주기. 바람 빠진 풍선처럼 쭈글해진 마음도 여름 볕에 반짝이는 나뭇잎처럼 싱그럽게 만드는 나만의 비법이다.

## 내 안에 어린아이가 살고 있어

'왜 이렇게 불안한 걸까……'

그런 생각을 하면서 캄보디아의 오성급 호텔 선베드에 누워 있었다. 머리 위로 태양이 찬란하게 빛나고 발치에선 맑은 물이 찰랑거렸지만, 알 수 없는 불안감이 커졌다. 나는 두 손을 배 위에 올리고 숨을 천천히 내쉬면서 거미줄처럼 몸을 옭아맨 불안감에 주의를 집중했다. 얼마나 시간이 흘렀을까, 친구들의 웃음소리가 아득해질 때쯤 손바닥이 닿은 곳 어딘가가 굳어 있는 게 느껴졌다. '또 겁을 먹었구나.' 이유를 찾은 것 같았다.

나는 낯을 가리는 아이였다. 놀이동산에서 인형 탈을 쓴 어른하

고 사진 찍기 싫어서 엉엉 울었다. 그러면 본전이 아까운 엄마는 등짝을 때리면서 빨리 가서 찍으라고 재촉했다. 어른이 된 뒤에도 낯선 장소나 사람을 보면 남몰래 놀란 토끼 눈으로 주변을 두리번거렸다. 안 그런 척, 괜찮은 척 노력해도 나는 느낄 수 있었다. 어린아이인 채로 남아 있는 마음 한 조각을.

문득 동네 놀이터에서 본 아이가 생각났다. 아이는 정글짐을 신나게 오르다가 갑자기 울음을 터트렸다. "엄마, 엄마~ 어디 있어?" 그러자 구석 벤치에 앉아 있던 여자가 손을 흔들었다. "여기 있어." 아이는 서둘러 내려와 엄마 품에 쏙 안겼다. "계속 여기 있었어. 아무데도 안 가." 그녀는 아이의 등을 토닥이며 오랫동안 안아주었다. 그 모습을 떠올리고 나니 궁금해졌다. 내 안에 진짜 어린아이가 살고 있다면 어떨까? 토닥토닥, 부드럽게 다독여줄 수 있을까? 엄마처럼 따듯하게 안아줄 수 있을까?

대답은 들을 필요도 없었다. '아직 어린아이잖아' 하며 바라보는 것만으로도 비난하고 싶은 마음이 수그러들었으니까. 오히려 '돌봐줘야지, 든든하게 품어줘야지' 하는 생각으로 가득해졌다. "넌 이제 어른이라고. 그러니까 어른답게 행동해야지!" 하고 설득해 봤자 소용없으리란 것도 잘 알고 있었다. 아이에게는 논리보다 진심이 더 잘 통하니까. 나는 마음속으로 겁먹은 아이를 꼭 안아주는 상상을 했다. 그러고는 조곤조곤 다정하게 말을 걸었다.

"괜찮아, 괜찮아. 정말 괜찮아."

진심이 전해진 걸까, 팽팽하게 당겨진 실이 완만한 포물선을 그리듯 긴장이 스르륵 풀렸다. 그제야 주변이 천천히 눈에 들어오기 시작했다. 뒤늦게 알아차렸는데 나는 반야트리 밑에 누워 있었다. 양 옆은 열대 지방 특유의 크고 화려한 꽃으로 둘러싸여 있었다. 스스로 빛을 내는 것 같은 선명한 주홍빛이 인상적이었다. 수영장에 있는 친구들도 보였다. 우리들 가운데 수영을 제대로 할 줄 아는 사람이 없었다. 수심이 얕은 수영장에서 물장구를 치거나 비치볼을 어설프게 튕기면서 그들만의 물놀이를 즐기고 있었다.

내 품 안에서 기운을 차린 아이가 어느 틈엔가 놀고 싶어서 안달이 난 게 느껴졌다. 성큼성큼 물속으로 걸어 들어가자 차가운 물이 기분 좋게 몸을 휘감았다. 이 푸른 하늘과 아낌없이 내리쬐는 햇살을 즐겨야지. 한쪽에 치워뒀던 설렘이 마음 구석구석으로 퍼져나갔다.

나는 오랫동안 내 안의 어린아이를 모른 척하며 살았다. 할 수만 있다면 가위로 오려내듯 싹둑 떼어내고 싶었다. 겁 많고 눈물 많은 아이가 거추장스럽고 부끄러웠으니까. 하지만 이 아이도 나를 이루는 한 부분이야, 이렇게 인정하고 나니 비로소 아이의 이야기를 들어주고 꼭 안아주는 어른이 될 수 있었다.

내 안에는 여전히 어린아이가 살고 있다. 그 아이는 쉽게 겁을 먹고, 눈치를 보고, 중요한 순간이면 수없이 망설인다. 하지만 그래도 괜찮다. 정말 괜찮다. 그런 순간이 오면 어떤 모습이든 끌어안을 수 있는 어른인 내가 어린 나에게로 뚜벅뚜벅 나아가면 되니까.

## 아주 사적인 공휴일

"저기 불이 나서 연기가 막 솟아오르면 어떻게 해야 할까?"

"그야 불을 끄러 가야죠. 빨리 119를 부르거나."

"네 마음에 연기가 나면 어떻게 할 거야?"

"마음에 연기요? 글쎄요. 그건 생각해 본 적이 없는데……"

"불이 번지게 그냥 둘 거야?"

"아니요. 달려가야죠. 불을 끄러."

나에게 타로를 가르쳐주었던 선생님은 선문답 같은 질문을 즐기고는 했다. 그날도 어김없이 생각지도 못한 질문으로 나를 당혹

스럽게 했는데, "그래도 역시 달려가야겠지. 연기가 나는 곳으로" 하고 다짐을 하는 나를 발견했다.

그 무렵부터다, 달력에 '마음 챙기는 날'이 등장한 건. 그날은 아주 사적인 공휴일, 연기를 쫓아 마음의 불을 끄러 가는 날이다. 연기가 나는 건 어떻게 알아차릴 수 있을까? 몇 가지 체크리스트를 살펴보면 단번에 알 수 있다.

— 해야 할 일을 자꾸 미룬다.

— 주어진 일보다 과도하게 스트레스를 받는다.

— 해봤자 뭐가 달라질까 싶어서 무기력해진다.

— 화가 나거나 슬픈 감정이 지속된다.

연기는 어딘가 불이 났다는 걸 알려주는 신호, 마음에 보살핌이 필요하다는 구조 요청이다. 타로 선생님은 이런 말을 덧붙였다. "연기가 보이면 신나게 달려가야지. '아, 내가 할 일이 생겼구나!' 하면서."

'마음 챙기는 날'에는 일을 잠시 쉰다. 바쁠 때는 하루 중 서너 시간 정도라도 할애한다. 보통은 꼬박 하루를 보내고, 길면 일주일이 걸리기도 한다. 먼저 깨끗이 씻고, 주변을 정돈하고, 잘 먹는다. 몸이 편해야 마음이 편하다는 말은 언제나 옳으니까. 그리고 마음을 관찰한다. 이 과정은 보통 애정 어린 질문으로 이뤄진다. "뭐가 힘들어?" "가장 큰 고민이 뭐야?" "왜 슬플까?" "혹시 뭐가 두려운 거야?" 말 못할 근심과 두려움이 밖으로 나올 수 있게 다정하게 묻고 또 살핀다.

일러스트 수업을 처음 시작할 무렵 나는 '마음 챙기는 날'을 여러 번 달력에 표시했다. '내가 사람들을 가르칠 자격이 있을까?' '아직 준비가 부족한 거 같은데……' 엄격한 자기 검열로 스스로를 몰아붙였기 때문이다. 나는 이 모든 고민들이 마음이 보내는 SOS 신호라고 생각했다. 그리고 마음에서 피어오르는 연기를 진득하게 쫓아간 결과, 망설임과 두려움 너머에 있는 진심에 이를 수 있었다.

그림의 가치와 즐거움을 사람들에게 전하고 싶었다. 타고난 재능이 있거나 미대 졸업장이 있어야만 그림을 그릴 수 있다는 세상의 편견을 깨고 싶었다. 상고를 졸업하고 경리로 일하던 시절, 이런 조건에 꼼짝없이 갇혔더라면 나는 일러스트레이터가 될 수 없었을 것이다.

수없이 고민했던 지난날의 나처럼 망설이는 사람들에게 꼭 하고 싶은 말이 있었다. “그림을 좋아하는 마음 하나로 충분해요! 완벽하지 않아도 괜찮아요. 당신의 그림은 세상에 단 하나뿐인 특별한 그림이니까요.”

진심이 담긴 바람이 투명한 빛처럼 마음을 밝혔다. 이런 마음이었구나. 이 간절한 바람이 세상에 뿌리 내리도록 힘껏 돕고 싶어졌다. “계속해서 수업을 만들어! 너의 경험을 필요로 하는 사람들이 분명 있을 거야.”

어느새 목소리 높여 자신을 응원하고 있었다. 나는 이 순간을 정말이지 사랑한다. 자신에게 진심으로 이해받고 지지받는 순간 말이다. 꾸준하게 일러스트 수업을 할 수 있었던 건 대리석처럼 견고하게 자신을 지지하는 마음이 있었기에 가능한 일이었다.

때때로 우리는 놀라우리만큼 마음의 문제에 둔감해진다. 나 역시 다르지 않았다. 중요하고 바쁜 일에 치여 마음은 늘 뒷전이었다. 종이에 손가락이 베이기만 해도 호들갑을 떨면서 연고를 바르고 밴드를 붙이는데, 마음의 시름과 상처는 시간이 약이라고 하면서 그냥 넘어갔다.

마음은 한 번에 무너지지 않는다. 조금씩 흔들리다가 꺾인다. 가

랑비에 축축하게 젖다가 꼬르륵 물속에 잠겨버린다. 그러니까 미루지 말자. 스멀스멀 올라오는 연기가 보이거든 불을 끄러 당장 그곳으로 달려가자.

## 그럴 땐 차라리 기도를 해

저녁이 되자 하늘이 어둑어둑해지고, 공원에 난 길을 따라 점점이 노란 가로등이 켜졌다. 나는 그 위를 하염없이 걸으면서 낮은 목소리로 읊조렸다. "마음의 상처가 치유되고 나의 바람이 이뤄지길 간청합니다." 맞은편에서 오는 사람들이 이상하다는 듯 쳐다봤지만 신경 쓸 여유가 없었다. 나의 기도는 간절했으므로.

거대한 벽에 부딪힌 기분이라고 해야 할까, 혼자만의 노력으로 도무지 나아지지 않는 순간이 있다. 그럴 때면 "하면 된다" "정신력으로 이겨내야지" 하는 식의 패기는 내려놓고 나는 차라리 기도를 한다. 종교는 없지만 절실하게 도움을 청하고 싶을 때 겸허하게 무륭을 꿇는 것이다. 반복되는 걸음에 맞춰 똑같은 기도를 천 번, 아니 만 번쯤 읊고 나면 신기하게도 마음이 차분해진다. 가슴을 두방망이질 치게 하는 고민이나 타인의 시선 따위에 쉽사리 흔들리지 않는다. 기도의 좋은 점은 바로 이것이다. 지금 이 순간, 내가 바라는 것에 마음을 고정하는 것. 치유가 필요할 땐 온 마음을 다해 치유를 소원한다. 문제를 해결하고 싶을 땐 그렇게 되리라는 바람에 몸을 흠뻑 적신다.

한 시간, 아니 두 시간쯤 걸었을까, 잠깐 멈춰 서서 하늘을 향해 고개를 들었다. 구름 뒤로 빛나는 달과 까만 밤, 그리고 그 너머로 펼쳐진 우주가 나를 감싸고 있음이 피부로 느껴지는 순간, 허공을 향해 말을 걸었다.

"지금 듣고 계시죠?"

대답은 필요하지 않았다. 신은 내 편이라는 믿음이 자리 잡은 후였으니까. 그러고는 만족스러운 기분으로 집으로 돌아와 폭신한 이불 속에 몸을 뉘였다. 가만히 눈을 감고, 들에 핀 백합이나 하늘을 나는 새처럼 신의 보살핌을 받는 상상을 했다. 치열하게 사는 기뿜도 있지만, 이것은 이것대로 좋구나. 뭉글뭉글 올라오는 평온함을 온몸으로 느끼면서 이대로 우주를 떠다니는 티끌이 되어도 좋겠다고 생각했다.

기도는 선을 긋는 일이라고 생각한다. '나'와 '바람hope'을 두 개의 점으로 만들고, 벌어진 틈을 반듯한 선으로 잇는 것이다. 기도를 하다 보면 수백 수천 가지 장애물이 있어도 '괜찮아, 내가 할 수 없다면 신의 손을 빌리면 되지' 하는 믿음이 생긴다. 마음을 다해 그은 선은 쉽사리 지워지지 않는다. 날마다 기도에 매달리지 않아도 쇠붙이가 자석을 따라가듯 마음과 행동이 선을 따라 움직인다. 이를테면 애쓰지 않아도 매일 아침 일찍 눈이 떠져서 명상을 하게 되거나, 한결 여유로운 시각으로 문제를 바라보게 되는 것이다. 결국 바람을 현실로 만드는 것은 나의 마음과 행동이다. 하지만 동시에 신과 우주가 내 편이라는 믿음이 있기에 흔들림 없이 앞으로 나아갈 수 있었던 것 역시 진실이다.

마음에 사랑이 차면 넘친다,
내 마음도 그랬다

엄마의 방 문은 늘 굳게 닫혀 있었다. 거실이며 주방이며 자유롭게 드나들 수 있었지만 그곳만은 예외였다. 그녀의 긴 한숨소리를 나는 문밖에서 들었다. 이렇게 해라, 저렇게 좀 해라. 명령할 땐 목소리에 힘이 들어갔지만, 엄마의 굳은 표정이 실은 굳어버린 마음 때문이란 걸 모를 리 없었다. 보여주고 싶었다. 묵은 때를 밀어내듯 나를 향한 미움을 한 꺼풀씩 벗겨내는 모습, 그 자리에 보드라운 새 살이 돋아나는 모습, 목마른 사랑이 매일 스스로 채워지는 모습을…… 그렇지만 절대로 넘어서는 안 될 경계가 생겨버린 것 같아 때로 서글픈 기분이 들었다.

잔에 물이 차면 넘친다. 마음에 사랑이 차면 넘친다. 내 마음도 그랬다. 엄마를 향한 해묵은 원망을 애써 털어내지 않아도 '사랑도, 행복도 셀프야!' 하고 생각하게 된 순간부터 그것은 희석되고 옅어졌다.

나는 기어코 문을 열고 들어갔다. 창밖으로 까만 그림자가 드리운 깊은 밤이었다. 방에 단 둘이 있으면 어색할 줄 알았는데 "나 요즘 나를 사랑하게 됐어." 앞뒤 설명 없이 얘기해도 엄마는 잠자코 들어주었다. 멀어진 딸과 무릎을 맞대고 앉는 게 좋았던 걸까? 누군가 말을 걸어주길 기다렸던 걸까? 어쩌면 엄마도 따듯한 시선과 관심이 필요했는지 모르겠다. 용기가 생긴 나는 일주일에 두어 번, 시간이 허락할 때마다 안방을 드나들었다. 그리고 얼마 지나지 않아 "엄마가 엄마 자신을 위해 살면 좋겠어" 하고 말하게 되었다.

그 말은 진심이었다. 나는 엄마 손을 붙잡고 명상 모임에 나갔다. 그리고 차비로 쓰라며 약간의 용돈을 다달이 챙겨주었다. 이전에도 엄마를 챙기는 일이야 숱하게 많았지만 그때와는 완전히 달랐다. 내가 하는 행동 하나하나가 사랑이란 걸 선명하게 느낄 수 있었으니까. 붙임성이 좋은 엄마는 금방 친구를 사귀었다. 그리고 외출이 잦아졌다. "밥은 니들이 알아서 차려먹어라" 하고 집을 나갔다가 상기된 표정으로 돌아와선 "노래방에서 기립박수 받았다. 내가

Dalkom Artist

왕년에 '노래 자랑'에서 대상 탄 사람이 아니냐!" 하고 자랑을 늘어놨다. 눈엣가시 같던 아무개랑 한 판 했노라 언성을 높일 때도 있었다. 하지만 며칠도 안 돼서 아무개랑 점심 약속이 있다며 외출 준비를 서둘렀다.

감정에 숨김이 없는 사람, 좋은 것과 싫은 것을 꼬지 않고 말할 줄 아는 사람, 쉽게 마음을 열고 정을 주는 사람, 신이 날 땐 아이처럼 웃는 사람…… 나는 날마다 새로운 그녀를 만났다. 변화는 나에게도 찾아왔다. 내가 '장녀' 역할에 사로잡혔던 것처럼 그녀 역시 '엄마'라는 역할에 갇혀 있었다는 걸 이해하게 된 것이다. 극적인 화해의 순간은 없었지만 엄마를 대하는 눈길과 행동이 차츰 사랑과 이해로 물들었다.

요즘 엄마는 방문을 활짝 열어놓고 산다. 불과 몇 년 전만 해도 "힘들다"는 말은 엄마 앞에서 절대 꺼내면 안 되는 금기어였는데, 요즘은 힘이 들 때 엄마를 찾아간다. 그러면 엄마는 한참 내 얘기를 들어주다가 전에 없이 부드러운 목소리로 이렇게 얘기한다. "유미야, 모두 다 마음먹기에 달린 거야. 알고 있지?"

사랑은 또 다른 사랑을 일깨운다. 이 사실을 얽히고 얽혀 있던 엄마와의 관계를 풀면서 깨달았다. 오롯이 나를 위해 시작한 사랑이 삶을 풍요롭게 하고, 주변을 돌아보게 했으며, 엄마를 진심으로 사랑하게 해주었다. 이것이 가능했던 이유는 하늘빛이 바다를 물들이듯 사랑이 또 다른 사랑을 물들이기 때문이리라.

# 언제든지 돌아갈 수 있는 나의 방

"유미 씨는 도시에 사는 수도승 같아요."

그가 이런 말을 한 건 몇 주 전에 나눈 대화 때문이다.

"나에 대해서 생각하는 게 진짜 직업이에요. 그림 그리는 건 부업이죠. 종일 저를 돌보다 보면 하루가 빨리 가요. 심심할 틈이 없다니까요."

"얘기를 들으니까 나도 종일 혼자 있고 싶어져요. 누구도 간섭할 수 없는 나만의 방을 갖는 기분? 그럴 것 같아요."

그가 찰떡같이 맞장구를 치는 바람에 더욱 신이 나서 떠들었다.

"'나만의 방'이란 표현 좋은데요. 저는 그게 일상이 됐죠. 생각보다 혼자서 할 수 있는 일이 진짜 많아요. 정말 정말 바쁘다니까요."

수도회의 아버지라 불리는 베네딕투스Benedictus는 이렇게 말했다. "기도하고 일하라." 수도사들은 그의 가르침에 따라 하루 일곱 번 예배를 드리고, 기도를 하지 않는 시간에는 학문을 연구하거나 땀 흘려 일을 했다고 한다.

시끌벅적한 모임이나 쇼핑에 취미가 없는데다, 명상을 하거나 책 읽기를 좋아하는 나에게 지금 살고 있는 스무 평 남짓한 가정집은 1인용 수도원인 셈이다. 이 집을 처음 봤을 때, 큰 방을 하루 중 가장 많은 시간을 보내는 서재로 써야겠다고 생각했다. 무늬가 없는 수수한 흰 벽, 너비가 3미터는 되어 보이는 큰 창문, 그 열린 틈 사이로 빛과 바람이 자유롭게 드나드는 게 좋았다.

내 취미는 창틀 위에 팔을 괴고 바깥 구경하는 것이다. 이렇다 할 것 없는 평범한 풍경이지만, 골목을 오가는 사람들을 보고 있으면 '세상 모두가 쉬지 않고 바지런하게 움직이고 있구나' 하는 소소한 감동이 느껴진다. 눈이 일찍 떠지는 날에는 창문을 마주보고 앉아 명상을 한다. 명상이라고 하지만 잠옷차림인데다가 머리는 헝클어져 있고 가부좌도 틀지 않는다. 친구들과 독서 모임을 하듯 부담 없이 명상을 시작했기 때문에 격식이야 어찌됐든 내가 가장 편안

한 자세면 된다고 생각한다. 특별한 요령은 없다. 두 눈을 감고 허리를 바로 세우고 어깨를 밀가루 반죽처럼 뭉글하게 늘어뜨리면, 의식하지 않아도 호흡이 깊어진다. 정성을 들여서 들숨과 날숨에 집중하는 동안 마음이 스트레칭을 하고, 유연하게 살아갈 하루치 힘을 얻는다. 언제 어느 때고 달팽이처럼 몸을 말고 들어가 쉴 수 있는 나만의 방이 있다는 것, 오롯이 나에게 집중하면서 찾아온 작은 기적이다.

기적은 또 있었다. 어느 날 주변을 둘러보니 나를 존중해 주는 사람들에게 둘러싸여 있다는 걸 깨달았다. 조금은 남다른 삶을 지지해 주는 사람들이 생긴 것이다. 뭐라 표현할 수 없는 감사가 밀려왔다. 친구는 이 기적을 두고 "네가 자신을 존중하기 때문에 그런 거야" 하고 이야기했다. 나는 조용히 고개를 끄덕였다. 만약에 아직도 자신을 미워하고 있었더라면 그들의 마음을 선뜻 받아들이지 못했을 테니까.

누구에게나 온전한 자신으로 존재할 수 있는 방이 필요하다. 그곳은 벽과 창문이 있는 물리적인 공간일 수도 있고, 마음 한편에 마련된 고요한 공간일 수도 있다. 동네 카페에서 차를 한 잔 마시거나, 이어폰을 꽂고 음악에 집중하는 순간일 수도 있다. 언제 어디에 있든지 오직 '나'에게 마음을 고정할 수만 있다면 방법은 무궁무진하다.

혼자 있는 시간을 못 견디겠다면 날씨에 대해 이야기하거나 짤막한 안부를 묻는 것으로 자신과의 대화를 시작하는 것도 좋다. 종이 위에 글로 쓰면서 고민을 풀어놓거나, 지금 원하는 게 무엇인지 헤아려볼 수도 있다. 조금 더 적극적으로 '나'와 함께하고 싶다면 약간의 상상력을 발휘할 수 있다. 또 한 명의 나를 만들어서 옆에 나란히 앉아 있거나 어깨를 기대고 있는 모습을 상상하는 것이다.

다소 엉뚱한 이 시도들은 내가 언제 어디에서 무엇을 하든지 절대 혼자가 아니란 사실을 상기시켜 준다. 이런 시간들이 쌓이고 또 쌓이면 자연스레 자신이 사랑과 관심을 받는 소중한 존재란 걸 느끼게 된다. 나는 이것이야말로 내 삶을 지탱해 주는 자존감이라고 생각한다. 내면에서 다져진 뿌리 깊은 자존감은 쉽사리 꺾이지 않는 법이니까.

## 한 번의 선택으로 변하는 것은 없다, 한 발 한 발 나아갈 뿐이다

그동안 나를 사랑하게 되기까지의 경험을 되짚어보면서 비슷한 경험을 조금씩 반복하고 있다는 걸 알게 됐다. 이를테면 어떤 계기로 자신을 자책하다가 다시 이해하게 되고, 한동안 소홀히 대하다가 화들짝 놀라 다시 나에게 집중하는 일을 반복하는 것이다. 물론 자책의 무게는 갈수록 줄어들고, 다시 '나'에게 집중하는 데 걸리는 시간은 점점 짧아졌다. 하지만 자신에게 무한한 사랑을 느끼면서 하루 24시간을 보내는 것은 아니다. 그동안 꽤 많은 변화를 이뤘다고 생각했는데 결국 제자리걸음이었던 걸까? 하지만 내가 겪은 변화는 거침없이 위로 뻗어 나가는 '사선형'이 아니었다. 빙글빙글 시행착오를 거듭하며 나아가는 '나선형'이었다.

마음은 이전의 습관으로 돌아가려는 관성을 가지고 있다. 자신에게 칭찬할 거리를 찾는 것보다 비난할 거리를 찾는 게 빠르고, 내면에 집중하는 것보다 바깥으로 시선을 돌리는 게 쉬운 건 그 때문이다. 그래서 나는 반복해서 마음속에 사랑을 새겼다. 스스로 얼마나 소중한 사람인지를 날마다 떠올렸고, 벽돌처럼 차곡차곡 크고 작은 변화들을 쌓아올렸다. 파혼의 상처를 극복하려고 시작한 작은 노력은 경제적인 독립과 더불어 정신적인 독립으로 이어졌고, 왜 자신을 미워하는지 이유나 알면 좋겠다던 간절함은 나에 대한 끈끈한 사랑으로 발전했다.

처음에는 나 하나만 품을 수 있을 정도의 사랑이면 된다고 생각했다. 하지만 나에게 오롯이 집중할수록 마음이 점점 커다란 원을 그렸다. 처음에는 가족이, 그 다음에는 친구가, 더 나아가 비슷한 고민과 아픔을 지닌 사람들을 향해 마음이 열렸다. 그리고 더 많은 사람들이 자신의 소중함을 발견할 수 있게 목소리를 내기에 이르렀다. 나를 사랑하는 마음이 자신을 넘어서 주변까지 물들인 것이다.

DalkomArtist Yuyu

언젠가 이런 질문을 받은 적이 있다.

"이런 나를 사랑해도 될까요? 너무 이기적인 일 아닌가요……?"

나는 그 자리에서 선뜻 대답을 꺼내기 어려웠다. 똑같은 고민에 몸살을 앓고 있었으니까. 하지만 지금은 확신에 찬 목소리로 이렇게 대답할 수 있게 되었다.

"네, 괜찮아요. 나를 향한 사랑이 점점 커지면 결국 더 많은 사람을 사랑하게 되니까요."

## 샨티 회원제도 안내

샨티는 사람과 사람, 사람과 자연, 사람과 신과의 관계 회복에 보탬이 되는 책을 내고자 합니다. 만드는 사람과 읽는 사람이 직접 만나고 소통하고 나누기 위해 회원제도를 두었습니다. 책의 내용이 글자에서 머무는 것이 아니라 우리의 삶으로 젖어들 수 있도록 함께 고민하고 실험하고자 합니다. 여러분들이 나누어주시는 선한 에너지를 바탕으로 몸과 마음과 영혼에 밥이 되는 책을 만들고, 즐거움과 행복, 치유와 성장을 돕는 자리를 만들어 더 많은 사람들과 고루 나누겠습니다.

**샨티의 회원이 되시면**

샨티 회원에는 잎새·줄기·뿌리(개인/기업)회원이 있습니다. 잎새회원은 회비 10만 원으로 샨티의 책 10권을, 줄기회원은 회비 30만 원으로 33권을, 뿌리회원은 개인 100만 원, 기업/단체는 200만 원으로 100권을 받으실 수 있습니다. 그 외에도,

- 신간 안내 및 각종 행사와 유익한 정보를 담은 〈샨티 소식〉을 보내드립니다.
- 샨티가 주최하거나 후원·협찬하는 행사에 초대하고 할인 혜택도 드립니다.
- 뿌리회원의 경우, 샨티의 모든 책에 개인 이름 또는 회사 로고가 들어갑니다.
- 모든 회원은 샨티의 친구 회사에서 프로그램 및 물건을 이용 또는 구입하실 때 할인 혜택을 받을 수 있습니다.
- 샨티의 책들 및 회원제도, 친구 회사에 대한 자세한 사항은 샨티 블로그 http://blog.naver.com/shantibooks를 참조하십시오.

샨티의 뿌리회원이 되어
'몸과 마음과 영혼의 평화를 위한 책'을 만들고 나누는 데
함께해 주신 분들께 깊이 감사드립니다.

**뿌리회원(개인)**

이슬, 이원태, 최은숙, 노을이, 김인식, 은비, 여랑, 윤석희, 하성주, 김명중, 산나무, 일부, 박은미, 정진용, 최미희, 최종규, 박태웅, 송숙희, 황안나, 최경실, 유재원, 홍윤경, 서화범, 이주영, 오수익, 문경보, 최종진, 여희숙, 조성환, 김영란, 풀꽃, 백수영, 황지숙, 박재신, 염진섭, 이현주, 이재길, 이춘복, 장완, 한명숙, 이세훈, 이종기, 현재연, 문소영, 유귀자, 윤홍용, 김종휘, 이성모, 보리, 문수경, 전장호, 이진, 최애영, 김진회, 백예인, 이강선, 박진규, 이욱현, 최훈동, 이상운, 이산옥, 김진선, 심재한, 안필현, 육성철, 신용우, 곽지희, 전수영, 기숙희, 김명철, 장미경, 정정희, 변승식, 주중식, 이삼기, 홍성관, 이동현, 김혜영, 김진이, 추경희, 해다운, 서곤, 강서진, 이조완, 조영희, 이다겸, 이미경, 김우, 조금자, 김승한, 주승동, 김옥남, 다사, 이영희, 이기주, 오선희, 김아름, 명혜진

**뿌리회원(단체/기업)**

주/김정문알로에 KIM JEONG MOON ALOE CO. LTD. 한경재단 design Vita PN풍년
사단법인 한국가족상담협회·한국가족상담센터 생각과느낌 소아청소년 성인 몸 마음 클리닉
경일신경과 | 내과의원 순수피부과 월간 풍경소리 FUERZA

회원이 아니더라도 이메일(shantibooks@naver.com)로 이름과 전화번호, 주소를 보내주시면 독자회원으로 등록되어 신간과 각종 행사 안내를 이메일로 받아 보실 수 있습니다.

전화 : 02-3143-6360 팩스 : 02-6455-6367
이메일 : shantibooks@naver.com

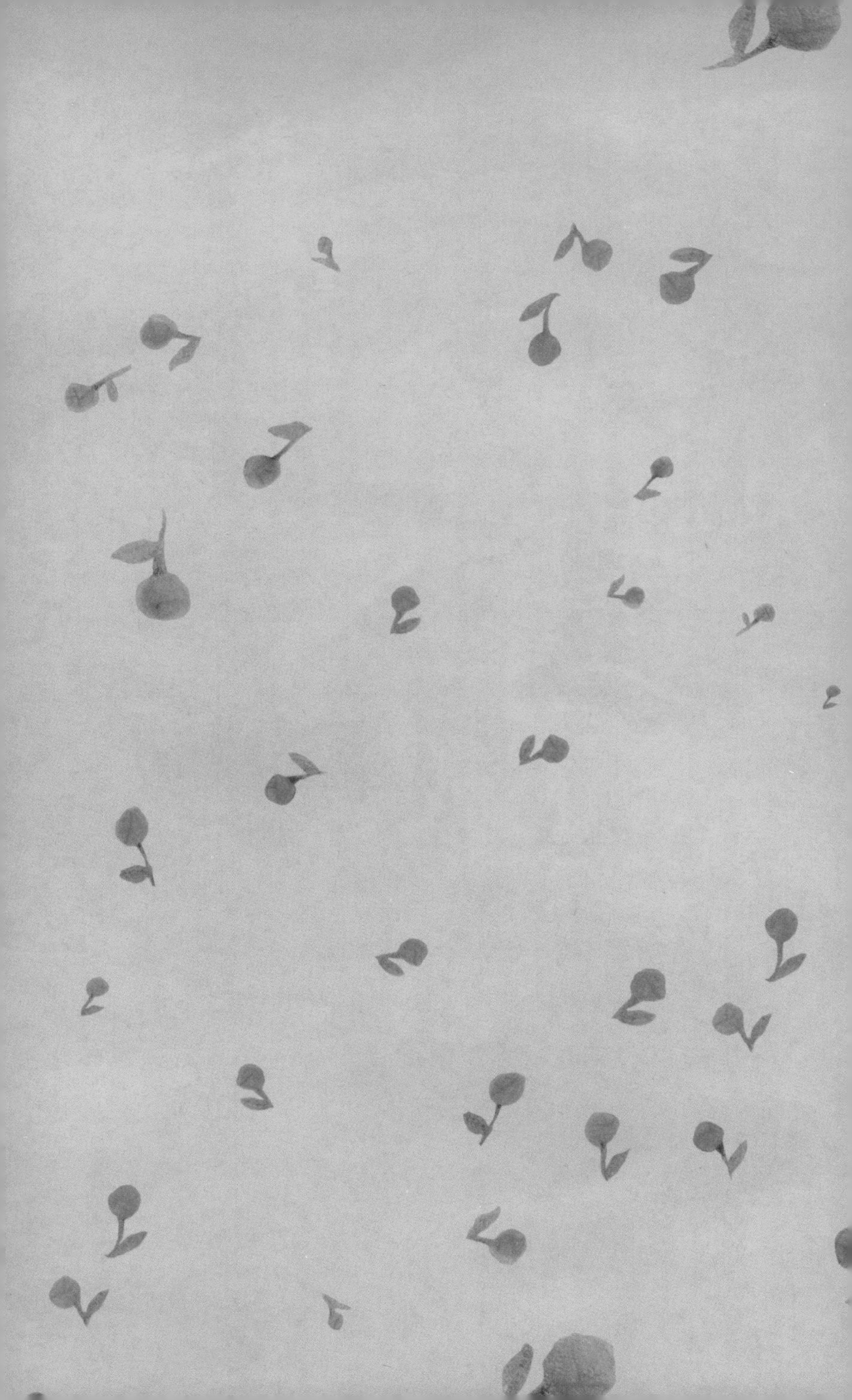